꼬
맹
이

일러두기

- 이 책은 Alphonse Daudet, 『*Le Petit Chose*』(Project Gutenberg, 2004)를 참고했습니다.

Le Petit Chose

꼬맹이

알퐁스 도데 지음

림

알퐁스 도데의 부인 초상화

프랑스의 인상주의 화가 오귀스트 르누아르(Auguste Renoir, 1841~1919)가 1876년경에 그린 「알퐁스 도데의 부인」 초상화다. 오르세 미술관에 소장되어 있다.

『꼬맹이』 영문판 표지 이미지

알퐁스 도데의 젊었을 때 이야기를 바탕으로 한 자전적인 이야기 『꼬맹이』의 영문판 표지 이미지다. 1898년 영어로 번역되어 뉴욕에서 출간되었다.

페르라세즈 공동묘지에 자리한 알퐁스 도데의 무덤

파리 시내에서 가장 큰 규모의 공동묘지로 쇼팽, 들라크루아, 짐 모리슨, 오스카 와일드, 프루스트 등 수많은 지식인, 예술가, 정치가의 유해가 안장되어 있다. 무덤을 둘러싼 조각품들과 잘 가꿔진 정원으로 묘지의 분위기를 바꾼 아름다운 정원식 묘지로 유명하다.

꼬맹이 **차례**

제1장 공장

나는 18**년 5월 13일에 랑그독 지방의 한 도시에서 태어났다. 그곳은 프랑스 남부의 도시들이 그렇듯이 햇빛이 양양하고 먼지가 없는 곳이었다.

아버지 에세트 씨는 머플러 장사를 하고 있었으며 도시 입구에 커다란 공장을 갖고 있었다. 공장 한 귀퉁이에 우리가 살고 있는 안락한 집이 있었는데, 플라타너스 그늘이 드리워져 있었고, 집과 공장 사이에는 커다란 정원이 있었다. 나는 바로 그곳에서 태어나서, 내 생애 유일하게 행복했던 유년 시절을 보냈다.

우선 내가 태어나면서 집안에 행운을 가져다주지는 못했다는 점부터 말해야겠다. 가정부였던 아누 할멈이 자주 내게 말해주었듯이, 당시 여행 중이었던 아버지는 내가 태어났다는 소식과, 마르세유에 살던 그의 거래 고객 한 명이 4만 프랑을 떼어먹고 달아났다는 소식을 동시에 들었다.

사실상 나는 세상에 태어나면서 불운을 가져온 아이였다. 내가 태어나면서 이런저런 불행한 일들이 부모에게 들이닥쳤다. 그 일 이외에도 두 번에 걸쳐 화재가 일어났고 바티스트 외삼촌과 불화가 있었으며 염료 상인과 소송이 벌어져 큰 손해를 보았다. 그리고 마침내 18**년의 혁명이 우리 집에 최후의 일격을 가했다.

두 해 동안 공장은 서서히 몰락해갔다. 급기야 어느 날부터 직공들이 출근하지 않았고 공장 작업장에서 들리던 종소리도 그쳤다. 얼마 지나지 않아 이제 공장에는 부모님과 아누 할멈, 자크 형과 나만 남았다. 아, 참, 그리고 저 안에서 작업장을 지키던 수위 콜롱브와 그의 어린 아들 루제도 있었다.

결국 끝장이 났다. 우리는 망한 것이었다. 그때 나는 여섯 살인가 일곱 살이었다. 부모님은 몸이 약하고 병치레가 잦은 나를 학교에 보내지 않았다. 단지 어머니가 읽기와 쓰기를 가르쳐주셨고 스페인어 단어를 몇 개 가르쳐주시기도 했다. 또 기타를 배워 두세 곡 연주를 할 줄도 알았는데, 그 덕분에 나는 천재 소리를 듣기도 했다. 나는 거의 대부분의 시간을 집에서

보냈고 그래서 우리 집이 서서히 망해가는 모습을 자세히 살펴
볼 수 있었다.

그래도 나는 슬프지 않았다. 오히려 전에는 일요일에나 가볼
수 있었던 공장 안을 매일 마음대로 돌아다닐 수 있어서 좋았다.

아버지는 이제 무서운 사람이 되었다. 불행이 닥치자 쓰러지
기는커녕 더욱 기운이 넘쳤다. 아버지는 아침부터 저녁까지 무
턱대고 화를 냈다. 그래서 아버지 곁에서는 누구나 입을 다물
었다. 아버지가 무서워서였다. 아버지 앞에서는 감히 울지도 못
했다. 그러니 아버지가 자리를 뜨면 모두들 참았던 울음을 터
뜨렸다. 어머니, 아누 할멈, 자크 형, 가끔 집에 오는 신부가 된
큰형까지 함께 참았던 설움을 토해냈다. 어머니야 당연히 불행
해진 아버지 모습이 딱해서 울었다. 큰형과 아누 할멈은 어머
니가 우는 모습을 보고 따라서 우는 것이었지만, 나보다 두 살
밖에 많지 않은 자크 형은 그냥 울고 싶어서 울었다.

자크 형은 말 그대로 울보였다. 거의 하루 종일, 집에 있을
때나 학교에서나 길을 걸을 때나 항상 눈물을 흘리고 다녔다.
누가 왜 우냐고 물으면 아무 일도 아니라고 울먹이며 대답했
다. 사실이었다. 정말 울 만한 일이 없는데도 형은 울었다. 그러
니 부모님의 불행은 그에게 더없이 좋은 울 구실을 마련해준

셈이었다.

솔직히 나는 행복했다. 아무도 나에게 신경을 쓰지 않았기 때문이었다. 나는 하루 종일 루제와 함께 황폐해진 공장에서 놀 수 있었다. 루제는 열두 살 먹은 덩치 크고 힘이 센 소년이었다. 그의 머리카락이 빨개서 루제라는 별명이 붙은 것이었다.

루제와 놀면서 공장은 내게 '로빈슨 크루소'가 조난되어 살던 섬이 되었고 루제는 '프라이데이'가 되기도 했고 식인종 야만인이 되기도 했으며 반란을 일으킨 선원이 되기도 했다. 나는 당연히 로빈슨 크루소였다. 나는 저녁이 되면 대니얼 디포의『로빈슨 크루소』를 읽고 또 읽으며 아예 외워버렸다. 그리고 낮이 되면 로빈슨 크루소가 되어 책 속의 모험을 즐겼다. 루제는 야만인이 되어 우렁차게 고함 소리를 질렀다.

그는 고함만 잘 치는 것이 아니었다. 거리 불량배들이 내뱉는 욕지거리를 아주 잘했다. 나는 루제와 놀면서 그 욕을 배웠다. 어느 날 식탁에서 나도 모르게 상소리가 튀어나왔다. 식구들은 경악했다. 정말 큰 사건이었던 것이다. 아버지는 당장에 나를 소년원에 보내야 한다고 큰소리를 치셨다.

다행히 나는 소년원에 가지는 않았다. 신부인 큰형이 내가 철이 들 나이가 되었으므로 고해성사를 해야 한다고 말했고 나는 고해실로 끌려갔다. 나는 고해실에서 내 양심 속에 차곡차곡 쌓아 놓았던 온갖 죄를 다 고백해야 했다. 나는 이제 더 이상 루제와 놀 수 없게 되었다. 나는 악마가 먹잇감을 찾으며 내 주변을 돌고 있다는 말에 감화를 받아 루시퍼가 루제의 몸 안에 들어와 나를 꼬드겼다고 생각했다.

나와 더 이상 놀 수 없게 된 루제는 시도 때도 없이 원시인의 울부짖음을 토해냈다. 루제의 아버지는 그 소리에 질려 그를 견습공으로 보내버렸고 그 이후 나는 그를 다시 보지 못했다.

그 사건이 있고 나서도 나는 여전히 로빈슨 크루소였다. 그 무렵 바티스트 외삼촌이 내게 앵무새 한 마리를 선물했고 그 새가 프라이데이 역할을 대신했다. 나는 그 새에게 '로빈슨, 나의 불쌍한 로빈슨'이라는 말을 가르치려고 무진 애를 썼지만 성공하지는 못했다.

그러던 어느 날이었다. 웬 사람들이 공장을 방문하고 갔고 그날 저녁 식사 때 아버지가 공장이 팔렸다고 말했다. 그리고 한 달 후면 온 가족이 리옹으로 이사 가서 살게 될 것이라고 말했다. 그건 너무나 큰 충격이었다. 공장이 팔리다니! 내 섬이! 그럼 내 동굴들과 내 오두막은! 내 것들을 내게 상의도 하지 않고 팔아버리다니! 나는 그날 밤 얼마나 울었는지 모른다.

그런 와중에도 은근히 나를 설레게 하는 일이 있었다. 우리가 배를 타고 이사를 간다는 일과 앵무새를 데리고 갈 수 있다는 허락을 받아낸 일이었다. 나는 로빈슨 크루소도 비슷한 기분으로 섬을 떠났으리라고 생각했다. 그러자 용기가 났다.

마침내 출발 날이 되었다. 아버지는 이미 일주일 전부터 리옹에 가 계셨다. 덩치가 큰 가구들을 갖고 먼저 출발하신 것이다. 나는 어머니, 자크 형, 아누 할멈과 함께 고향을 떠났다. 큰형과 콜롱브 아저씨가 우리를 합승 마차 타는 데까지 배웅해주었다. 신부인 큰형은 우리와 함께 가지 않았다. 아아, 가엾은 우리 큰형! 그 이후 나는 큰형을 다시는 보지 못했다. 자크 형은 리옹에 가서 살게 되어서 기쁘다면서도 여전히 울고 있었다. 나는 앵무새가 들어 있는 새장을 조심스럽게 든 채 맨 뒤에 걸어가면서 몇 번이고 공장 쪽을 뒤돌아보았다. 플라타너스들은 작별 인사라도 하듯 가지를 흔들어대고 있었다. 감동을 받은 나, 다니엘 에세트는 그들 모두에게 손가락으로 남들 몰래 키스를 보냈다.

그렇게 나는 18**년 9월 30일에 나의 섬을 떠났다.

제2장 바퀴벌레가 나오는 집

우리는 사흘 동안 론강을 항해했다. 나는 사흘 동안 잠잘 때와 먹을 때를 제외하고는 내내 갑판에서 지냈다. 나는 주로 배의 뾰족한 끝 쪽, 닻이 있는 곳에 있었다. 나는 앵무새 새장을 발 사이에 낀 채 강물을 바라보았다. 론강은 얼마나 넓던지, 강기슭이 아득히 보일락 말락 했다. 나는 강이 아니고 바다였으면 하고 바랐다.

드디어 배가 경적을 울렸다. 리옹에 도착한 것이다. 리옹에는 비가 내리고 있었다. 선착장에는 아버지가 마중 나와 계셨다. 아버지가 앞장서시고 나는 아버지의 손을 잡고 어렵사리 사람들을 뚫고 앞으로 나갔다. 그때였다. 갑자기 배 쪽에서 날카로우면서도 구슬픈 소리가 들렸다.

"로빈슨! 로빈슨!"

나는 소리를 질렀다.

"오, 맙소사! 내 앵무새! 내 앵무새!"

나는 아버지 손에서 내 손을 빼내려고 했다. 그러자 자크 형이 말했다.

"그놈이 이제 말을 하는 거니?"

그랬다. 그동안 내 앞에서 말을 한 마디도 안 하던 앵무새가 드디어 말을 하게 된 것이다. 그런데 그 새를 놓고 오다니! 그놈이 거기서 울부짖으며 나를 찾고 있는데…….

"로빈슨, 불쌍한 나의 로빈슨!"

하지만 우리는 이미 너무 멀리 떨어져 있었다. 아버지는 내일 찾으러 오자고 말씀하신 후 내가 우는 것도 아랑곳하지 않고 나를 끌고 가셨다. 다음 날 사람을 보냈지만 앵무새는 찾을 수 없었다. 아아, 내가 얼마나 절망했던지. 이제 프라이데이도 앵무새도 없으니 로빈슨도 끝장이었다. 그렇게 나는 나의 로빈슨 크루소 시절을 마감했다.

리옹의 우리 집은 랑테른 거리 5층에 있는 지저분하고 축축한 집이었다. 그 집에서 살아야만 하다니! 정말 끔찍한 일이었

다. 계단은 더럽고 끈적거렸으며 마당은 마치 우물처럼 좁기만
했다.

우리가 도착한 저녁 아누 할멈이 부엌에서 짐 정리를 하다가
갑자기 소리를 질렀다.

"악! 바퀴벌레! 바퀴벌레!"

우리는 모두 그 소리에 부엌으로 뛰어갔다. 세상에! 온 천지
에 바퀴벌레투성이었다. 우리는 모두 바퀴벌레 사냥에 나섰지
만 그놈들은 죽이면 죽일수록 숫자가 더 늘어나는 것만 같았
다. 그놈들이 나올 만한 구멍을 찾아 막았지만 다른 구멍으로
나왔다. 매일 부엌에서는 바퀴벌레와의 전쟁이 계속되었다.

나는 바퀴벌레 때문에 첫날부터 리옹이 싫어졌다. 게다가 먹
는 것도 왜 이리 낯설고 그 이름도 이상하던지. 가족들은 기분
풀이를 위해 저녁이면 강변을 산책했지만 나아지는 건 조금도
없었다. 아버지는 계속 투덜댔고, 자크 형은 여전히 울먹였으
며, 나는 맨 뒤에서 고개를 떨군 채 따라갔다. 나는 뭔가 창피했
다. 아마 우리가 가난하기 때문이었을 것이다.

한 달쯤 지났을 때 아누 할멈이 병에 걸렸다. 이곳의 안개가
건강을 해친 것이다. 할멈은 죽을 정도가 아니니 계속 우리와
함께 있겠다고 우겼지만 아버지와 어머니가 그녀를 강제로 배

에 태워 다시 남쪽으로 보냈다. 고향을 향해 가는 할멈이 나는 부러웠다.

리옹에 온 지 두 달 정도 되었을 때 부모님은 자크 형과 나의 학교 문제에 대해 의논하셨다. 아버지는 우리를 공립학교에 넣고 싶으셨지만 학비가 너무 비쌌다. 어머니 의견으로 우리는 성당에 딸린 성가대 양성소에 다녔다. 그곳은 멋진 곳이었다. 다른 학교처럼 억지로 라틴어와 그리스어를 가르치지도 않았고 대신 미사 돕는 법, 찬송가 부르기 등을 주로 배웠다. 가끔 동사 변화나 역사를 가르치기도 했지만 그건 어디까지나 부수적인 일이었다. 우리는 성당 일을 돕기 위해 그곳에 다닌 것이었으며 그 일은 너무나 재미있었다.

불행히도 나는 그곳에 오래 다니지 못했다. 아버지의 친구분 중 한 분이 남부 대학의 총장으로 계셨는데, 그분이 어느 날 아버지께 편지를 보내왔다. 자녀 중 한 명을 공립학교에 장학생으로 보낼 수 있게 되었다는 내용이었다. 아버지가 말씀하셨다.

"다니엘을 보냅시다."

"자크는요?" 어머니가 물으셨다.

"그 애는 내 곁에 두고 장사를 가르칠 거요. 자크는 상인으로

키웁시다."

결국 내가 공립학교에 다니게 되었다. 학교에 첫 등교하는 날 나는 충격을 받았다. 나만 작업복을 입고 있었던 것이다. 리옹에서 부잣집 아이들은 작업복을 입지 않았다. 이른바 '곤느'라고 하는 거리의 부랑자들만 작업복을 입었다. 내가 교실에 들어가자 아이들이 나를 보고 비웃었다. 선생님도 나를 무시하는 눈길로 바라보았다. 그때부터 선생님은 한 번도 나를 내 이름으로 부르지 않았다. 그는 언제나 키 작은 나를 "헤이, 거기 꼬맹이!"라고 불렀다. 아이들도 모두 따라 했으며 내가 아무리 내 이름을 가르쳐주어도 소용이 없었다. 이제 '꼬맹이'는 내 별명이자 본명처럼 되었다. 그리고 나는 여전히 놀림을 받으며 작업복을 입고 다닐 수밖에 없었다. '꼬맹이'라고 학생들이 놀려도 참아야 했다. 하지만 꼬맹이는 남들을 따라잡기 위해 두 배 이상 열심히 공부해야 한다는 것을 깨닫고, 정말 열심히 노력했다.

착한 꼬맹이! 꼬맹이는 겨울에도 불기 없는 냉방에서 담요로 다리를 덮은 채 책상 앞에 앉아 있었다. 유리창에는 성에가 끼어 있었다. 가게에서는 형에게 받아쓰기를 시키는 아버지 목소리가 들렸다.

"지난 8일 자 귀하의 편지를 잘 받았습니다."

그러면 울먹이며 그것을 반복하는 자크 형의 목소리가 들렸다.

가끔 어머니가 살며시 문을 열고 들어와 내게 속삭였다.

"공부하니?"

"예, 어머니."

"춥지 않아?"

"안 추워요."

거짓말이었다. 사실은 너무 추웠다. 어머니는 내 곁에서 뜨개질을 하며 한숨을 내쉬셨다.

제3장 새로운 출발

7월의 어느 일요일, 우리 집에 또다시 큰 불행이 닥쳤다. 신부님이었던 큰형이 죽고 말았던 것이다. 형이 아프다는 소식에 어머니와 자크 형은 큰형을 돌보러 고향에 가 있었고, 나는 아버지와 단둘이 있다가 큰형이 죽었다는 전보를 받았다. 나는 아버지를 끌어안고 설움에 겨워 한참을 울었다.

큰형이 세상을 떠난 지도 어언 여러 해가 흘렀다. 꼬맹이는 고등학교 졸업반이었다. 꼬맹이는 자기가 무슨 철학자나 시인이라도 되는 것처럼 잘난 척 폼 잡는 소년이었다.
그러던 어느 날이었다. 꼬맹이가 막 학교에 가려고 집을 나서는데 가게에 앉아 있던 아버지가 그를 불렀다. 그가 들어서

자 아버지가 퉁명스럽게 말을 꺼냈다.

"다니엘, 책들 다 던져버려. 넌 이제 학교에 갈 수 없게 되었다."

아버지는 가게 안을 잠시 서성거리시더니 다시 말씀을 이었다.

"아주 좋지 않은 소식이야. 그래, 정말 나쁜 소식이지. 우리는 이제 모두 뿔뿔이 흩어져서 살아야 한다. 왜냐하면……."

그때 문 뒤에서 서러운 울음소리가 들렸다. 자크 형이었다. 형은 나이가 들어서도 여전히 울보였다.

아버지는 "저런 멍청이 같은 놈!"이라고 한마디 던지더니 계속 말했다.

"6년 전 이곳 리옹으로 왔을 때 나는 열심히 일을 하면 재산을 다시 모을 수 있으리라 생각했다. 그런데 무슨 악마의 장난인지! 이제 빚과 가난 속으로 식구들을 몰아넣게 되었을 뿐이다. 거기서 빠져나갈 방법은 딱 한 가지뿐이다. 너희들도 이제 컸으니 각자 자기 살길을 구하는 방법밖에 없다. 엄마는 남부 지방에 있는 외삼촌 집에 가서 지내게 될 거다. 자크는 리옹에 남는다. 전당포에 일자리를 구했다. 나는 포도주 회사에 영업 사원으로 들어가게 될 거다. 딱하지만 애야, 너도 네 살길을 마련해야 한다. 그런데 마침, 너를 장학생으로 학교에 다닐 수 있게 해준 총장이 네게 자습감독 자리를 하나 추천해주었다.

자, 여기 있다. 읽어보아라."

꼬맹이는 편지를 읽었다. 자습감독이란 정식 수업이 끝난 후 자습 시간에 학생들을 감독하고 질문을 받는 자리였다. 꼬맹이는 편지를 읽은 후 말했다.

"편지를 보니, 꾸물거릴 시간이 없네요."

"그렇단다. 내일 당장 출발해야 할 거다. 짐을 꾸려라. 내일 오전 배로 떠날 거다."

순간 어머니가 가게로 들어왔다. 어머니는 한숨을 내쉬었을 뿐이었고 자크 형은 그 뒤에 수줍게 서 있었다. 그리고 그걸로 그만이었다. 우리들은 이 집에 살면서 이미 불행에 익숙해진 것이었다.

다음 날 온 식구가 선착장까지 꼬맹이를 배웅해주었고, 꼬맹이는 배에 올랐다. 우연히도 리옹에 올 때 타고 온 것과 같은 배였다.

"처신 잘해야 한다." 아버지의 말이었다.

"건강 조심해." 어머니가 울먹였다. 자크도 뭔가 말을 하려고 했지만 그러지 못했다. 너무 우느라 말을 할 수 없었던 것이다. 꼬맹이는 울지 않았다. 철학자는 쉽게 눈물을 보여서는 안 되는 법이니까. 그는 그들을 정말 사랑하고 있었다. 그들을 위해

서라면 몸을 바칠 각오가 되어 있었다. 그러나 그는 들떠 있었다. 리옹을 떠난다는 기쁨, 생전 처음 홀로 여행을 한다는 설렘, 출렁이는 배의 움직임, 이제 자유로운 인간으로 자신의 생활비를 스스로 번다는 자부심, 이 모든 것이 꼬맹이를 들뜨게 했다.

고향에 도착하자 나는 우선 아버지에게 편지를 보낸 총장을 찾아갔다. 그는 아버지의 친구였다. 그는 나를 따뜻하게 맞아주었지만 나를 보자 놀란 듯했다.

"맙소사, 여전히 꼬마구나!"

실제로 꼬맹이는 너무 작았다. 게다가 얼마나 어리고 허약해 보였던가! 꼬맹이는 속으로 떨었다.

'이분이 이거, 안 되겠다고 하면 어쩌지?'

다행히 그가 내 생각을 읽은 듯 말했다.

"자, 이리 가까이 오렴. 네게 자습감독 자리를 하나 주려고 해. 네 나이에 그 일을 하자면 다른 사람보다 몇 배 힘이 들 거야. 하지만 생활비를 벌어야 하니 어쩔 수 없지. 자, 우리 최선을 다해보자. 큰 학교로 가느니 우선 작은 학교부터 시작해보는 게 나을 거다. 여기서 몇 리 떨어진 세벤느 지역 사를랑드 마을의 공립학교로 보내줄게. 산중에 있는 마을이야."

그런 후 총장은 사를랑드 공립학교에 추천서를 써주었다. 총장은 나보고 바로 떠나라고 했다. 마차는 네 시간 후 출발이었다. 나는 가까운 식당에 가서 요기를 한 후 꼭 가보고 싶은 곳을 설레는 마음으로 찾아갔다. 그곳은 바로 나의 옛 그 '공장'이었다. 어린 시절 나의 친구이자 내 기쁨이었던 그곳! 내가 로빈슨 크루소였을 때, 내 섬이었던 그곳!

　멀리서 플라타너스들이 꼬맹이에게 손짓을 했다. 마치 '저길봐, 다니엘 에세트야. 그가 돌아오고 있어'라고 말하는 것 같았다.

　하지만 나의 공장, 나의 섬에 가까이 간 나는 그대로 얼어붙고 말았다. 오, 맙소사! 공장은 더 이상 공장이 아니었다. 그곳에는 남자들은 결코 들어갈 수 없는 카르멜 수녀원이 들어서있었다.

　사를랑드는 산으로 둘러싸인 아주 작은 마을이었다. 햇빛이 비치면 찜통으로 바뀌고 북풍이 불어오면 냉동실로 바뀌는 곳이었다.

　내가 도착한 날 저녁에도 북풍이 아침부터 위력을 떨치고 있었다. 봄이었지만 합승 마차에 몸을 실은 꼬맹이는 마을로 들어서면서 심장까지 얼어붙는 것처럼 추웠다. 마차에서 내리자,

꼬맹이는 지체하지 않고 곧바로 학교로 찾아갔다. 학교는 마차에서 내린 광장 가까운 곳에 있었다.

학교 앞에서 문을 두드리자 호롱불을 든 수위가 문을 열어주며 졸린 목소리로 내게 말했다.

"새로 온 학생인 모양이군."

"나는 학생이 아닙니다. 이곳 자습감독으로 왔어요."

그는 놀란 듯 눈을 동그랗게 떴다. 그는 나를 교장실로 안내했다. 그가 문을 두드리자 안에서 "들어오시오"라는 대답이 들렸다.

나와 수위는 안으로 들어갔다. 초록색 양탄자가 깔린 아주 큰 방이었다. 교장은 안쪽 테이블에 앉아 고개를 숙이고 뭔가 쓰고 있었다. 수위가 교장 앞으로 나를 떠다밀며 그에게 말했다.

"교장 선생님, 세리에르 선생님 후임으로 오신 분입니다."

교장은 여전히 고개를 숙인 채 쓰던 일을 계속했다. 수위는 인사를 마친 후 밖으로 나갔고 나는 모자를 만지작거리며 방 한가운데 서 있었다. 이윽고 교장이 고개를 들었다. 그는 나를 잘 보기 위해 램프 불을 들어 올리고 코안경을 걸쳤다.

그는 나를 보자마자 의자에서 펄쩍 뛰어오를 듯이 외쳤다.

"뭐야! 어린애잖아! 아니, 이런 어린애를 어디다 쓰라는 거야!"

나는 이번에야말로 정말 겁에 질렸다. 가진 것 아무것도 없이 길거리로 쫓겨난 자신의 모습이 떠올랐다. 나는 겨우 몇 마디 더듬거리면서 품에 지니고 있던 추천서를 교장에게 내밀었다. 교장은 추천서를 읽은 후 내가 너무 어리긴 하지만 총장의 간곡한 추천서 내용과, 우리 집안의 명예를 생각해서 채용하겠다고 말했다. 이어서 그는 내가 하게 될 일이 얼마나 중요한 일인지 일장 연설을 늘어놓았다. 하지만 내 귀에는 한 마디도 들어오지 않았다. 내가 쫓겨나지 않았다는 사실, 그것만으로도 나는 너무 행복했다. 교장의 손이 천 개라 할지라도 그 천 개의 손에 모두 입을 맞추고 싶은 심정이었다.

그때 바로 내 등 뒤에서 금속성 소리가 들렸다. 고개를 돌려 보니 붉은 구레나룻을 한, 키 큰 남자가 서 있었다. 학생주임이었다. 그는 부드러운 미소를 띠고 나를 바라보았다. 그의 손가락에는 열쇠 꾸러미가 걸려 있었다. 그는 내게 호감을 보이고 있었지만 쩔렁! 쩔렁! 하는 무서운 열쇠 소리 때문에 나는 겁이 났다.

교장 선생이 그에게 말했다.

"비오 선생, 세리에르 선생 후임자로 온 선생입니다."

교장의 말에 비오 선생은 여전히 부드러운 미소를 띤 채 허리를 굽혔지만, 그가 손에 쥔 열쇠들은 '설마 이런 꼬맹이가……'라며 나를 비웃듯 끊임없이 쩔렁거렸다. 교장 선생이 내게 말했다.

"에세트 선생, 이제 가도 됩니다. 내일 아침 8시까지 출근하세요. 오늘 저녁에는 호텔에서 묵어야겠습니다."

비오 선생과 나는 교장실에서 나왔고 그는 다정한 미소를 지으며 나를 문까지 배웅했다. 그는 나와 헤어지기 전에 내게 작은 책자를 하나 건네주며 말했다.

"학교 규칙이 적혀 있으니 한번 읽어보세요."

나는 밖으로 나왔다. 좀 막막했다. 어디 가서 잠잘 곳을 구한다? 다행히 수위실에서 수위와 잡담을 나누고 있던 한 사내가 깨끗하고 값싼 호텔을 안내해주겠다고 나섰다. 콧수염이 멋진 그 사내는 자신의 이름이 로제이며 젊어서는 꽤 오래 경기병으로 근무했다고 말해주었다. 그는 사를랑드 학교에서 무용, 승마, 펜싱과 체조를 가르치고 있는 사람이었다. 우리는 호텔 앞에서 악수를 하고 헤어졌다.

자기가 사랑하는 사람들과 멀리 떨어진 채 차가운 호텔 방에 홀로 남게 되자 꼬맹이는 그제야 실감이 났다. 그리고 갑자기 삶이 무서워졌다. 대단한 철학자였던 꼬맹이는 어린아이처럼 울기 시작했다. 불현듯 식구들 얼굴이 스쳐 지나갔다. 어머니는 바티스트 외삼촌 집으로, 아버지는 리옹에……. 이제는 더 이상 집도 없고 가정도 없었다. 그러나 꼬맹이는 위대하고 아름다운 결심을 했다. '그래, 내 힘으로 에세트가를 다시 일으켜 세우는 거야. 나 혼자 다시 내 가정을 일구는 거야.' 꼬맹이는 자기가 그런 고결한 계획을 세운 데 대해 흡족했다. '그래, 그런 결심 앞에 눈물 따위는 어울리지 않아.' 꼬맹이는 비오가 전해준 학교 규칙을 읽기 시작했다.

규칙을 제정한 비오 선생이 공들여 직접 손으로 쓴 규칙서는 모두 세 부분으로 나뉘어 있었다.

상급자들을 향한 자습감독의 의무, 동료들에 대한 자습감독의 의무, 학생들에 대한 자습감독의 의무가 그것이었다.

꼬맹이는 그 규칙서를 읽다가 잠이 들었다. 그리고 밤새 악몽에 시달렸다.

다음 날 아침 8시에 나는 학교에 출근했다. 비오 선생이 열쇠 꾸러미를 든 채 정문 앞에서 학생들을 감독하고 있었다. 그는 특유의 부드러운 미소로 나를 맞이했다. 그는 나의 전임인 세리에르 선생 및 여러 선생들에게 나를 소개했다. 세리에르 선생은 나보다 몸집이 두 배는 되어 보였으며 키도 컸다.

10시가 되자 비오 선생은 나와 세리에르 선생을 자습실로 데려갔다. 교장 선생도 동행했다. 교장은 위엄 있는 얼굴로 나를 학생들에게 소개시켰고 세리에르 선생은 학생들과 작별 인사를 했다.

세 명이 밖으로 나가자 고개를 아래로 처박고 있던 아이들이 일제히 고개를 들어 눈을 반짝이며 조롱하듯이 나를 쳐다보았다. 교실 안이 술렁거리기 시작했다. 나는 당황스러웠다. 하지만 나는 천천히 교단에 올라가 짐짓 무서운 얼굴로 교실을 한 번 둘러보았다. 그런 후 교탁을 두세 번 내리치면서 목소리를 한껏 부풀려 말했다.

"자, 여러분 공부합시다! 공부해요!"

이렇게 꼬맹이의 첫 수업이 시작되었다.

제4장 자습감독 생활

아이들이 나를 조롱하듯 바라보았다는 말은 사실이 아니었다. 그건 내 선입견이었다. 내가 맡은 아이들은 착했다. 아이들은 내게 말썽을 부리지도 않았고 나는 아이들을 좋아했다. 비오 선생의 규칙 속에는 아이들이 잘못하면 벌을 주라고 적어놓았고 내 전임 세리에르 선생은 아이들에게 엄하게 대해야 한다고 내게 속삭인 적이 있었지만 도무지 그럴 필요가 없었다.

벌? 벌을 줄 이유가 어디 있는가? 아이들이 너무 시끄럽게 떠들면 그냥 "조용히 해!"라고 소리치면 그만이었다. 아이들은 금세 조용해졌다. 최소한 5분 동안만이라도. 아이들 중에 가장 나이가 많은 애가 열한 살이었다. 나머지는 열 살도 안 되었다. 그런 어린아이들을 엄하게 다루라니!

나는 아이들에게 친절하려고 애썼다. 아이들이 착하게 굴면 이야기를 들려주기도 했다. 아이들은 노트와 책을 덮고 책상 한편으로 밀어냈다. 그러고는 책상 위에 턱을 괴고 눈을 동그랗게 떴다. 나는 내가 만든 대여섯 편의 이야기들을 들려주었다. 실은 라퐁텐 우화에 약간 살을 붙인 것이었지만 말이다. 나는 내 이야기 속에 항상 나처럼 돈을 벌어야만 하는 귀뚜라미와 자크 형처럼 울보인 무당벌레를 등장시켰다. 아이들은 모두 즐거워했고 나도 즐거웠다.

하지만 그런 즐거움은 오래 가지 못했다. 비오 선생 때문이었다.

모든 일이 규칙대로 잘 돌아가는지 확인하기 위해 비오 선생은 가끔 열쇠 뭉치를 쩔렁거리며 순시를 했다. 하루는 토끼 장 라팽의 이야기를 아이들에게 감동적으로 들려주고 있는데 비오 선생이 느닷없이 교실로 들어섰다. 그는 책과 노트가 한쪽으로 밀려나 있는 아이들 책상을 놀란 눈으로 바라보았다. 그는 아무 말도 하지 않았다. 그냥 열쇠만 사납게 흔들었다. 열쇠들은 아이들을 향해, '공부는 안 하고 뭣들 하고 있나?'라고 야단치는 것 같았다.

그는 여전히 웃음 띤 얼굴로 내게 오더니 규칙서 12쪽 '학생에 대한 자습감독의 의무 편'을 펼쳐서 내 눈앞에 들이댔다. 나는 그제야 자습감독은 아이들에게 이야기를 들려줘서는 안 된다는 걸 깨달았고 이후 단 한 번도 아이들에게 이야기를 들려주지 않았다. 아이들은 금세 풀이 죽었다.

학교는 상급반, 중급반, 초급반으로 나뉘어져 있었다. 반별로 각각 운동장, 기숙사, 자습실도 따로따로 쓰고 있었다. 따라서 당연히 초급반 학생들은 내 학생들이고 내 아이들이었다. 나는 마치 서른다섯 명의 자식들을 가진 것만 같았다.

나는 그들 외에는 아무하고도 친하게 지내지 못했다. 정식 교사들은 꼬맹이를 이상한 동물 보듯 멸시했고, 자습감독 교사들은 비오 선생 때문에 나를 멀리했다. 그가 나에게 언제나 다정한 미소를 보냈기 때문이었다. 수위도—그의 이름은 카사뉴였다—마치 나를 무슨 스파이 대하듯 했다.

상황은 어려웠지만 나는 용감하게 내 길을 갔다. 나는 중급반 자습감독 한 명과 지붕 아래 있는 4층의 작은 방을 함께 썼다. 아이들이 정규 수업을 받는 동안 그곳은 나의 안식처였다. 같은 방 동료는 하루 종일 카페에서 살다시피 했기에 그 방은 내 독방이나 다름없었다.

나는 그 방에서 그리스어와 라틴어를 열심히 공부했다. 지금 가장 중요한 것은 하루 빨리 학사 학위를 받아 정식 교사로 임명되는 것이다. 그래서 다시 우리 가족이 모여 살 보금자리를 마련하는 것이었다. 가족을 위해 공부를 한다고 생각하니 용기도 났고 힘든 생활도 견딜 만했다.

그러나 초급반 아이들과 사이좋게 지내던 시절이 끝나고 말았다. 내가 중급반을 맡게 된 것이다. 중급반 자습감독이 학교를 떠났고 학년 말이었기에 교장은 새로 자습감독 교사를 채용할 생각이 없었다. 그는 이제 갓 수염이 나기 시작한 고등학교 2학년 학생을 초급반 감독으로 배정했고 나는 중급반을 맡게 되었다. 우리 반 학생들과 마지막 자습이 있던 날, 끝나는 종이 울리자 교실은 눈물바다가 되었다. 아이들은 모두 나를 끌어안았다.

중급반은 한창 말을 안 들을 나이인 열두 살에서 열네 살까지의 아이들로 이루어져 있었으며 학생 수는 50명 정도였다. 중급반 학생들은 주로 산악 지방에 사는 소작인의 아이들이었으며, 자식들이 자기보다 낫게 되기를 바라는 부모들이 좀 무리가 되더라도 학교에 보낸 아이들이었다. 그 애들 수업료는 세 달에 120프랑이었다.

아이들은 처음부터 내게 적대적이었다. 나를 알지도 못하면서 나를 미워했다. 내가 교단에 선 그날부터 불꽃 튀기는 전쟁의 시작이었다. 정말 잔인한 아이들이었다.

지금으로부터 아득한 옛날에 겪은 슬픈 일이니 그 아이들에 대해서 아무 원한 없이 말하고 싶다. 하지만, 하지만 그럴 수가 없다. 지금 이 글을 쓰고 있는 순간에도 마치 내가 그곳에 있는 것처럼 흥분해서 손이 떨린다. 지금 그들은 내 생각을 하고 있지 않겠지. 아니야, 어쩌면 가끔 '어이, 그 불쌍한 자습감독 생각나? 우리가 어지간히도 골탕 먹였지'라며 웃고 있는지도 모른다. 그래, 너희들은 그렇게 나를 골탕 먹이면서 즐거워했지만 꼬맹이 자습감독 선생은 혼자 침대 깃을 입에 물고 얼마나 자주 울었던가!

중급반 자습감독 교사가 되면서 좋은 일도 있었다. 제르만 신부와 가깝게 지내게 된 것이었다. 그는 철학 교사였다. 좀 괴짜였고 모두들, 심지어 교장 선생이나 비오 선생까지 그를 두려워했다. 그는 말이 별로 없었지만 우리 자습감독들에게는 함부로 반말을 했다. 잘생긴 얼굴이었지만 곰보 자국이 있었다.

그는 학교 한 귀퉁이 허름한 건물의 작은 방에서 혼자 지내고 있었다. 그의 방에는 밤에도 늘 불이 켜져 있었으며 어느 때는 밤새 불빛이 보이는 때도 있었다. 사람들은 그가 무슨 방대한 책을 집필 중이라고들 했다.

나는 그 이상한 신부에 대해 늘 호감을 갖고 있었다. 잘생겼으면서도 좀 무서운 그의 얼굴은 동시에 이지적이기도 해서 내 눈길을 끌었다. 단지 사람들이 그의 성격이 괴팍하고 사납다는 이야기를 하도 많이 해서 그에게 가까이 다가갈 엄두를 내지 못하고 있었을 뿐이었다.

당시 나는 철학사에 푹 빠져 있었다. 지금은 별로 관심이 없지만 당시 내가 꼭 읽어보고 싶던 철학자는 콩디야크였다. 불행히도 학교 도서관에는 그에 관한 책이 한 권도 없었으며 사를랑드 시내 책방을 다 뒤져도 그의 저술을 발견할 수 없었다. 나는 신부 방에 가끔 드나드는 아이들—신부가 학비를 대주는 중급반 말썽꾸러기들이었다—을 통해 신부의 방에 2,000권도 넘는 책이 있다는 이야기를 들은 적이 있었다. 나는 용기를 내서 그의 방에 가서 책을 찾아보기로 결심했다.

그의 방문 앞에 서자 다리가 덜덜 떨렸다. 조심스럽게 문을 두드리자 우렁찬 목소리가 들렸다.

"들어오시오."

그는 의자 등받이에 팔을 걸치고 짧은 파이프를 입에 문 채 책을 읽고 있었다. 그는 나를 보자 책에서 겨우 눈을 떼면서 말했다.

"아니, 자네야? 어떻게 지내나! 왜 온 거지?"

그의 단호한 말투, 책으로 둘러싸인 엄숙한 방 분위기, 말을 타듯 의자에 걸터앉아 있는 그의 모습, 입에 물고 있는 짧은 파이프 등에 나는 주눅이 들었다.

나는 황송하다는 몸짓으로 얼굴을 붉히며 용건을 말했다.

"콩디야크의 책을 읽고 싶다고? 별난 취미로군. 암튼 좋아. 저기 세 번째 책꽂이 왼쪽에 있어. 빌려줄 테니 가져가게. 하지만 책을 훼손하면 안 돼. 그러면 자네 귀를 찢어버릴 거야."

나는 조심조심 콩디야크 책을 꺼내 그 방에서 나가려고 했다. 그러자 그가 내 눈을 바라보며 말했다.

"정말 철학에 관심이 있는 거야? 그건 그냥 이야기일 뿐이야. 그냥 이야기……. 내가 그걸 좀 안다고 나보고 철학을 가르치라고? 차라리 별을 관찰하는 일이나 담배 파이프를 감독하라고 하는 게 낫지. 하긴 먹고 살려면 별 이상한 짓을 해야 하는 법이지만……. 자네도 그건 잘 알 거야. 불쌍한 꼬마 자습감독. 자네도 좋아서 하는 일은 아니잖아.

아, 참. 내 자네에게 한 가지 물어볼 게 있어. 자네 신을 사랑해? 신을 사랑해야 하네. 하느님을 믿고 열심히 기도해. 인생의 고통스런 순간에 처방은 딱 세 가지뿐이라네. 일, 기도, 그리고 담배 파이프. 철학? 그건 아무것도 아니야. 철학은 절대로 자네를 위안해주지 못해. 자, 이제 가보게. 귀찮아……. 책이 필요하면 언제고 와서 가져가게나. 방은 항상 열려 있으니까. 자, 이제 아무 말도 하지 말고, 어서 가봐."

그는 다시 책을 읽기 시작했고 나를 처다보지도 않았다.

그 후 나는 그의 방에서 내 맘대로 책을 갖다 읽었다. 그가 수업에 들어가고 없는 때가 많았고, 그가 있을 때도 그는 내 인사에 대답조차 하지 않았다. 일 년이 되도록 우리가 나눈 이야기는 스무 마디도 되지 않았다. 하지만 그게 무슨 상관이 있단 말인가! 내 마음속 그 무언가가 이미 나는 그의 절친한 친구가 되었음을 알려주고 있었다.

이제 방학이 다가오고 있었다. 아이들은 방학을 손꼽아 기다렸고, 운동장에는 연단을 만들기 위한 나무들이 쌓여 있었다.

이윽고 방학식 날이 되었고, 더운 날씨 속에서 식이 진행되었다. 연단 앞에 서 있던 나는 얼마나 부끄러웠던지! 이윽고 식이 끝나자 교사들은 연단에서 내려오고 학생들은 가족을 만나려고 의자를 넘었다. 이윽고 서로 끌어안는 사람들, "여기야! 여기!"라고 외치는 사람들로 인해 운동장은 금세 시끌벅적한 시장판이 되었다. 나는 낡은 옷을 입은 자신이 창피해 초라한 몰골로 나무 뒤에 꼼짝 않고 있었다. 교장과 비오 선생은 정문 앞에 서서 일일이 인사를 하며 잘들 지내고 돌아오라고 말하고 있었다. 어떤 학생들은 가문의 문장이 달린 아름다운 사륜마차에 올랐다. 이랴! 가자! 고향으로……. 그리고 이륜마차를 타고 농장으로 가는 아이들…….

아아, 그들은 집으로 돌아가는구나. 버터 바른 빵을 먹고 하루 종일 새 사냥도 하며 즐기겠지. 행복한 아이들! 그들은 떠나갔다. 모두 떠나고 없었다.

아! 나도 떠날 수만 있다면…….

학생들이 떠나고 난 학교는 황량하기만 했다. 모두 떠난 것이다. 한낮에도 살찐 쥐들이 기숙사 안을 휘젓고 다녔다. 책상 한 구석에 놓인 잉크병들도 바싹 말랐다. 운동장의 나무에서는 참새들이 제철 만난 듯, 아침부터 저녁까지 쉼 없이 짹짹거렸다.

꼬맹이는 지붕 밑 자기 방에서 참새 소리를 들으며 공부했다. 다행히도 학교 측에서 방학 동안 내가 학교에 머물 수 있게 해주었다. 덕분에 나는 방학 동안 그리스 철학을 죽어라 파고 들었다. 다만 천장이 낮은 탓에 낮에는 질식할 만큼 더운 게 흠이었다. 나는 더위와 잠을 쫓으며 이렇게 다짐했다.

"공부해, 다니엘 에세트! 집안을 세워야 해!"

하지만 어쩔 수 없었다. 눈앞에서 글자들이 춤을 추었고 이어서 책이, 책상이, 마침내 방 전체가 빙빙 돌았다. 꼬맹이는 너무 졸려서 그런 줄 알았다. 꼬맹이는 졸음을 떨치려고 일어나서 몇 걸음 걸었다. 그러나 문 앞에 이르자 마치 짚단처럼 그 자리에 쓰러졌다.

꼬맹이는 이상한 꿈을 꾸었다. 누군가 방문을 두드린 것 같았고, 누군가 쩡쩡 울리는 목소리로 자기를 부르는 것 같았다.

"다니엘, 다니엘!"

누구의 목소리인지 알 수 있었다. 이전에 "자크! 이런 멍청이 같은 놈!"이라고 형을 큰 소리로 야단치던 사람의 목소리였다.

"다니엘, 다니엘! 아버지다! 빨리 문 열어라!"

아! 아버지라니! 이 무슨 이상한 꿈이란 말인가! 나는 어쨌든 문을 열려고 몸을 일으켰다. 그러나 머리가 무거워 다시 쓰러지더니 그대로 정신을 잃고 말았다.

내가 다시 정신을 차렸을 때 나는 푸른 커튼이 그늘을 만들고 있는 간이침대에 누워 있었다. 빛이 부드럽게 들어오고 있는 조용한 방이었지만 어디인지는 알 수 없었다. 하지만 이상하게도 마음이 편안했다. 순간 커튼이 열리더니 찻잔을 손에 든 아버지가 눈물이 그렁한 채 웃으면서 내게 다가왔다. 나는 아직도 꿈을 꾸고 있는 것 같아서 물었다.

"아버지? 정말 아버지 맞아요? 여기가 어디지요?"

"양호실이란다. 일주일 되었어. 이제 다 나았지만 너는 정말 몹시 앓았단다."

아버지가 나를 안아주었다.

"자, 진정해라. 의사 선생님이 말을 하면 안 된다고 하셨다."

아들의 입을 막기 위해 아버지는 길게 이야기를 해주었다.

"내가 일하고 있는 포도주 회사에서 일주일 전에 이 지방으로 출장 명령을 내렸다. 곧바로 학교로 달려왔지. 방학이라 아무도 없었으니 사방으로 네 이름을 부르며 다녔단다. 마침 누가 네 방을 가르쳐 줘서 찾을 수 있었지. 하지만 문을 두드려도 대답이 없어서 발로 걷어차 문을 부수고 들어왔단다. 네가 불덩이가 되어 쓰러져 있었지.

너는 닷새 동안이나 헛소리를 했단다. 집을 일으켜 세워야 한다고? 도대체 무슨 집을 말하는 거냐? 제발 열쇠를 치워줘요, 라고도 하더라. 난 한순간도 네 곁을 떠나지 않았단다. 그런데 그 누구냐? 비오 씨? 맞아, 비오 씨. 그 양반이 나보고 학교에서 잘 수가 없다고 하더구나. 규칙이라나, 뭐라나. 나를 겁주려고 열쇠 뭉치를 내 코앞에서 흔들더구나. 내가 보기 좋게 혼을 내주었지.”

나는 아버지가 비오 선생을 혼내주었다는 말에 겁이 더럭 났다. 나는 조심조심 어머니 안부를 물었다. 어머니는 여전히 외삼촌댁에 있었다. 내가 자크 형 안부를 묻자 아버지가 말했다.

“자크, 그 당나귀처럼 멍청한 놈? 얘야, 내가 말로만 멍청하다고 하는 거 알지? 실은 그 애는 정말 착한 애다. 사장 비서로 있는데 일이라야 받아쓰는 게 전부니 힘들 것도 없지.”

형 이야기를 들으며 나는 오랜만에 웃었다. 아버지도 따라 웃었다. 나는 아버지가 언제까지나 이렇게 곁에 계셨으면 얼마나 좋을까 생각했다. 그러나 그럴 수는 없었다. 아버지는 회사 일을 해야 했다. 아버지는 곧 떠나셨다.

나는 해쓱해진 몸으로 6주 만에 다시 운동장을 밟았다. 학교 전체가 꿈틀거리고 있었다. 어느새 개학이 다가오고 있었던 것이다. 비오 선생의 열쇠 소리가 다시 요란해졌고 학생들이 속속 도착했다.

개학식 날 나는 은빛 교육공로훈장을 가슴에 단 교장과 휘장을 두른 교사들의 모습을 부러운 눈으로 바라보았다.

'아, 나는 언제 정식 교사가 될 수 있을 것인가! 언제 집안을 다시 일으켜 세울 수 있단 말인가! 그렇게 되기까지 얼마나 더 많은 고생을 해야만 할까?'

나는 슬픔이 밀려오는 것을 어쩔 수 없었다. 파이프 오르간 소리가 울릴 때 나는 눈물을 쏟을 뻔했다. 그때 바로 합창단 옆에서 누군가가 내게 미소를 보냈다. 나를 위안해주는 미소였다. 오, 제르만 신부님! 그의 얼굴을 보고 나는 다시 힘을 얻었다.

개학식이 있은 지 이틀 후 또 다른 행사가 있었다. 교장이 주최하는 축일이었다. 아주 오래된 축일로서 이 날은 학교 전체가 초원에 모여 찬 고기와 리모산 포도주를 차려놓고 테오필 성인을 기리는 잔치를 벌였다. 교장은 이 행사를 가족적인 분위기에서 치르고 싶어 했고, 허용된 범위 내에서 비용도 아끼지 않았다.

새벽에 출발한 학생들과 교사들은 얼마 후 프레리 초원에 도착했다. 도착하자마자 풀밭에 식탁보가 펼쳐지고 음식을 담은 접시가 돌려졌고 술병이 열렸다. 교사들도 학생들과 함께 풀밭에 앉았다. 모두들 즐거워했다. 단지 꼬맹이만이 뭔가 불안한 얼굴이었다. 순간 교장이 무언가 종이를 들고 일어났다. 교장이 말했다.

"여러분, 방금 어느 무명 시인이 제게 시를 몇 편 건네주었습니다. 여러분들께 읽어드려도 좋겠습니까?"

교장은 부드러운 목소리로 시를 낭송하기 시작했다. 교장과 교사들을 찬양하는 시였다. 시에 등장하는 모든 사람들에게 마치 꽃을 바치듯 헌사가 담겨 있었다.

교장의 낭송이 끝나자 열광적인 박수가 터졌다. 그리고 "누가 썼습니까?"라고 큰 소리로 묻는 사람들도 있었다. 그 소리에 꼬맹이가 얼굴이 석류 알처럼 새빨개진 채 자리에서 일어났다. 꼬맹이는 축제의 주인공이 되었고 교장은 그를 껴안았으며 선배 교사들이 '내, 그럴 줄 알았다'며 악수를 청했다. 어떤 교사는 신문에 싣겠다며 시 원문을 달라고도 했다.

나는 매우 기뻤다. 다만 제르만 신부의 입에서 나온 '멍청한 놈!'이라는 소리와, 비오 선생이 더욱 거세게 열쇠 뭉치를 흔드는 것 같아 들뜬 기분이 약간 가라앉았다.

장내가 조금 조용해지자 이번에는 교장이 비오 선생의 시를 읽었다. 그러나 낭독이 진행되는 동안 학생들은 먹고 마시는

데 열중이었고, 낭독이 끝났어도 아무런 반응이 없었다. 교사들도 박수를 치지 않았다.

나는 불안감에 비오에게 아주 아름다운 시라고 생각한다고 내숭을 떨었다. 하지만 비오 선생은 그날 내내 쓴웃음만 짓고 있었다.

그날 돌아오는 마차 속에서 비오 선생의 열쇠 뭉치가 심술궂게 투덜대는 소리가 내게 들려왔다.

"쩔렁, 쩔렁, 쩔렁! 시인 선생, 우리들이 보복하고 말 거요."

제5장 부쿠아랑 사건

　개학한 후 우울한 나날들이 계속되었다. 중급반 아이들은 더 사나워져서 돌아왔다. 나도 예민해져 있었다. 병을 앓고 난 뒤 나는 신경이 날카로워졌고 화를 잘 냈다. 어떤 것도 쉽게 참아 내지 못했다. 지난해에는 너무 순했다면 금년에는 너무 엄격해졌다.

　하지만 그 방법은 효과가 없었다. 벌을 남발하다 보니 벌의 약발이 떨어졌다. 그러던 어느 날 나는 스스로도 한계를 넘었음을 느꼈다. 나는 교단에서 아이들의 고함 소리, 야유, 눈물, 불평과 휘파람에 맞서 악마처럼 싸웠다. 아이들은 일제히 외쳤다.

　"물러가라! 꼬꼬댁 꼬꼬! 우! 우! 폭군은 필요 없다! 말도 안 된다!"

잉크병이 날아오고, 종이 찰떡이 교탁 위에 떨어져 떡이 되었으며, 어린 괴물들은 교단에 다닥다닥 달라붙어 원숭이처럼 괴성을 질러댔다.

나는 어찌할 바를 몰라 비오 선생에게 도움을 청했다. 오, 얼마나 부끄러운 일이었던가! 축제 이후 그 열쇠 사나이는 내게 앙심을 품고 있었으니 내가 당한 고난을 기뻐한 것이 당연했다. 그가 열쇠 소리도 요란하게 교실로 들어서자 아이들은 일시에 조용해졌다. 그는 교실을 한 바퀴 획 둘러본 후 비웃는 표정으로 나를 바라보고는 한 마디 말도 없이 밖으로 나가버렸다.

이후 교사들과 자습감독 동료들도 나를 향해 비웃는 표정을 지었고 교장도 냉담해졌다. 비오 선생이 장난을 쳤음이 틀림없었다. 그런 와중에 설상가상으로 부쿠아랑 사건이 터졌다.

부쿠아랑은 열다섯 살이었다. 눈도 크고 손발도 컸으며 이마도 거의 없는 게, 영락없는 농장 머슴 꼴이었다. 하지만 그는 이 학교 단 한 명뿐인 귀족이었으며 모두에게 공포의 대상이었다. 교장은 사를랑드 학교를 빛낸다며 그를 매우 아꼈다. 학교에서는 누구나 녀석을 '후작'이라고 불렀다. 그래서 나도 녀석에게 말을 할 때면 조심했고 이제까지는 별 탈 없이 지내고 있었다.

그러던 어느 날 수업 시간이었다. 녀석이 여느 때와 마찬가지로 내게 뻬딱한 태도로 대답을 했다. 나는 순간 화가 치밀어 올랐지만 꾹 참고 녀석에게 말했다.

"부쿠아랑 군, 당장 책을 챙겨서 밖으로 나가요!"

그 어린 녀석으로서는 상상도 못 해본 일이었다. 녀석은 놀란 듯 그 큰 눈으로 나를 바라보며 꼼짝도 않고 앉아 있었다. 나는 아차, 내가 뭔가 일을 저지르고 있구나, 라고 생각했다. 하지만 이제 와서 돌이킬 수는 없었다. 나는 재차 녀석에게 교실에서 나가라고 명령했다. 아이들은 모두 걱정스런 표정으로 말 없이 앉아 있었다. 내 교실이 그렇게 조용해본 적은 없었다.

이윽고 제정신이 든 녀석이 내 두 번째 명령에 뻔뻔스런 표정으로 대답했다.

"나가지 않겠어요!"

아이들이 나지막이 탄성을 내질렀다. 나는 참지 못하고 의자에서 벌떡 일어났다.

"나가지 않겠다고? 어디 두고 보자!"

나는 교단에서 내려왔다. 그 순간 폭력을 행사할 생각이 추호도 없었음은 분명히 맹세할 수 있다. 단지 내 단호한 태도로 녀석에게 겁을 주려는 생각뿐이었다. 하지만 내가 교단에서 내려오는 것을 본 녀석이 가소롭다는 듯 내게 비웃음을 흘렸다.

나는 그를 의자에서 끌어내리려고 그의 목덜미를 잡으려 했다.

순간 녀석이 교복 속에 감추고 있던 커다란 쇠자를 꺼내더니 내 팔을 세차게 내리쳤다. 나는 아파서 소리를 질렀다. 아이들이 모두 박수를 쳤다.

"브라보, 후작!"

나는 이성을 잃었다. 나는 단번에 책상 위로 뛰어올라가 후작에게 달려들었다. 나는 녀석의 목덜미를 잡고 주먹질, 발길질 뿐 아니라 이빨까지 사용해서 녀석을 자리에서 끌어냈고, 녀석은 교실 바닥을 튕겨나가 운동장 한복판까지 굴러갔다. 순식간에 벌어진 일이었다. 나는 내가 그렇게 힘이 세다는 생각은 해 본 적이 없었다.

아직 흥분이 가시지 않은 채 비틀거리며 다시 교단 위로 올라가자 아이들이 일제히 고개를 숙였다. 아이들을 내가 진압한 것이다. 하지만 교장은? 그리고 비오 선생은? 그들은 이 사건을 어떻게 생각할 것인가? 아, 감히 내가 학생, 그것도 교장이 가장 애지중지하는 학생에게 손을 대다니! 학교에서 쫓겨날 각오가 되지 않고서야!

나는 후회가 되면서도 한편으로는 후련하기도 했다. 후작이 가서 이를 게 분명했고 교장이 당장 들이닥치리라. 하지만 아무도 오지 않았다. 쉬는 시간에 부쿠아랑이 다른 아이들과 웃으며 노는 것을 보고 나는 매우 놀랐다. 그날 하루 별 탈 없이 지나가자, 나는 조금 마음이 놓였다.

목요일인 다음 날은 학생들이 외출하는 날이었다. 후작은 저녁까지 기숙사로 돌아오지 않았다. 나는 불길한 예감에 밤새 잠을 이루지 못했다.

이튿날 자습 시간이었다. 부쿠아랑의 빈자리를 보며 아이들이 수군거렸다. 나는 내색은 안 했지만 걱정이 되어 죽을 지경이었다.

7시쯤 되었을 때 교실 문이 휙 열렸다. 아이들이 모두 자리에서 일어났다.

나는 제정신이 아니었다.

교장을 앞세우고 비오 선생이 뒤따라 들어왔다. 그리고 목까지 단추를 채운 긴 외투를 입은 나이 지긋한 신사가 뒤따랐다. 나는 그가 부쿠아랑의 아버지 드 부쿠아랑 후작임을 금세 알아보았다.

나는 교단을 내려가 그들에게 인사할 용기가 없었고, 그들도 내게 눈길 한 번 주지 않았다. 제일 먼저 포문을 연 것은 교장이었다. 그는 학생들을 향해 말했다.

"여러분, 우리는 아주 어려운 임무를 수행하려고 여기 왔습니다. 여러분들의 자습감독 한 명이 아주 심각한 죄를 지었습니다. 그를 공개적으로 비난하지 않을 수 없습니다."

교장은 15분간 쉬지 않고 나를 비난했다. 심하게 사실을 왜곡하고 있었다. 후작은 학교에서 가장 우수한 학생이 되어 있었고, 내가 아무 이유 없이, 변명도 듣지 않고 그에게 폭력을 행사한 것으로 되어 있었다. 결국 내가 내 의무를 온통 저버렸다는 것이었다.

그러한 비난 앞에 내가 어떤 대답을 할 수 있었겠는가? 나는 가끔 "교장 선생님, 그건 사실이……"라며 자신을 변호하려 했다. 하지만 교장은 내 말을 전혀 듣지 않고 나를 더 강하게 비난했을 뿐이었다.

교장의 일장 연설이 끝나자 이번에는 후작의 순서였다. 그의 말은 마치 검사의 논고 같았다. 오, 불쌍한 아버지! 자기 아들을 죽일 작정으로 누군가 달려들었다! 보호 능력도 없는 연약한 자기 아들에게 마치, 마치, 물소처럼, 야생 물소처럼 달려들다니! 아이는 이틀 전부터 앓아누웠고 어머니는 눈물을 흘리며 간호하고 있다. 만일 어른이 저지른 일이었다면 아버지인, 부쿠아랑 후작이 직접 복수를 했을 것이다! 하지만 '그 친구'가 어리니까 이번에는 봐준다. 그렇지만 이건 명심해라. 만일 내 아들 머리털 하나라도 건드려 보아라! 그러면 그 친구의 귀를 싹둑 잘라버릴 것이다.

연설이 행해지는 동안 아이들은 속으로 웃고 있었고, 비오 선생의 열쇠들도 기쁨에 겨워 쩔렁거렸다. 가엾은 '그 친구'는 분노로 얼굴이 하얗게 질린 채 교탁에 서서, 그 모욕들을 묵묵히 듣고 있었다. 치욕을 견뎌야 했고 항변을 하지 말아야 했다. 항변을 한다면 학교에서 쫓겨날 것이고 그렇게 된다면 도대체 어디로 가야 한단 말인가!

한 시간쯤 지나자 세 명은 교실에서 나갔다. 세 명이 나가자 아이들은 신나게 떠들어댔다. 조용히 하라고 해도 소용이 없었다. 내 권위는 땅에 떨어진 것이다.

정말 끔찍한 사건이었다. 사를랑드 사람들이 모두들 흥분했다. 그 자습감독은 졸지에 사악한 인간, 식인귀가 되었다. 나는 잔인한 방법으로 학생을 고문한 '어린이 학대자'가 되었다. 교장이 나를 해고하지 않은 것은 나를 소개한 총장을 생각해서였다. 하지만 차라리 해고당하는 편이 나았을지도 모른다. 자습감독 일을 하기가 너무 힘들었다. 아이들은 전혀 말을 듣지 않았으며, 툭하면 자기 아버지에게 이르겠다고 나를 협박했다. 마침

내 나는 더 이상 학생들에게 신경을 쓰지 않게 되었다.

그 모든 일이 벌어지는 가운데, 나는 한 가지 생각에 사로잡혀 있었다. 부쿠아랑 부자에게 복수한다! 항상 그 늙은 후작의 얼굴이 눈앞에 어른거렸고 그가 내게 한 위협을 생각하면 귀밑까지 빨개졌다.

나는 가끔 그에게 달려가 결투를 신청하고 싶은 충동에 사로잡혔다. 하지만 두 가지 이유가 나를 막았다. 우선은 쫓겨날지도 모른다는 두려움 때문이었고 다음으로는 후작이 근위병으로 있을 때 수많은 사람을 죽이는 데 사용했다는 결투용 장검 때문이었다.

하지만 마냥 참고만 있을 수는 없었다. 나는 어느 날 로제를 찾아갔다. 그리고 후작과 결투하려 한다고 그에게 털어놓았다. 그러자 그는 흔쾌히 내게 펜싱을 가르쳐주겠다며 6개월만 배우면 후작에게 이길 수 있다고 나를 격려했다.

나는 일주일에 세 시간씩 펜싱 교습을 받기로 했다. 나중에 알았지만 그는 내게서 통상 교습비의 두 배를 받았다.

합의를 보자 그는 내게 바르베트 카페에 함께 가보자고, 그곳에 가면 좋은 친구들을 많이 만날 수 있을 것이라고 했다. 로제의 친구들은 쌍수를 들어 나를 환영했다. 그들은 내가 겪은 사건과 후작과 결투하겠다는 내 결심에 대해 듣자 한 명씩 내게 와 악수를 청했다.

"브라보, 젊은이! 아주 잘했어!"

나는 펀치를 한 잔 주문했다. 우리는 모두 나의 승리를 위해 건배했다. 그리고 내가 부쿠아랑 후작을 학년 말에 해치우기를, 잔을 높이 들어 축원했다.

제6장 사를랑드 학교여, 안녕

겨울이 되었다. 산악 지방의 겨울은 지독하게 추웠다. 더욱이 나에게는 지독히도 힘든 겨울이었다. 나는 하던 공부도 때려치웠다. 정식 수업이 있는 시간이면 나는 내 방에서 공부하는 대신 바르베트 카페로 달려가 틀어박혀 있다가 카페가 문을 닫을 때쯤 그곳에서 나왔다. 로제는 그곳에서 나의 펜싱 교습을 해주었다.

그 우울한 겨울 어느 날, 내가 카페에 들어서자마자 나를 본 로제가 이상한 표정을 한 채 나를 구석방으로 데려갔다.

"잠깐 이야기 좀, 다니엘 선생."

사랑 이야기였다. 전말은 이렇다. 그가 시내 어디선가 한 여자를 만났는데 한눈에 반했다. 사를랑드의 아주 귀한 가문 처녀로서 오르지 못할 나무를 쳐다보는 심정이 괴롭다는 것이었다. 편지로 사랑을 고백하는 방법밖에는 없는데 그는 편지를 잘 못 쓴다고 했다. 요컨대 훌륭한 시인의 문장력을 발휘해서 연애편지를 써달라는 것이었다. 그러면서 그녀가 금발의 파리 아가씨이며 이름은 세실리아라고 말해주었다.

나는 그가 자기 사랑 이야기를 내게 그렇게 털어놓고 편지까지 부탁하는 데 우쭐했다. 내가 그런 식으로 조금씩 어른이 되어간다고 생각했다. 나는 즉석에서 좋다고 대답했다.

그렇게 나는 미지의 그녀에게 하루 평균 두 통씩, 한 달 이상 편지를 썼다. 그 편지 중에는 낭만적 우울과 다정함이 서린 편지가 있는가 하면, 열정적인 사랑을 울부짖듯 고백하는 내용도 있었다. 예컨대, '오, 세실리아! 때로는 황량한 바위 위에서……'로 시작해서 '오, 그렇게 죽음이 찾아오더라도……'로 끝나는 것도 있었고, '오! 그대의 입술, 불타는 그 입술! 그 입술을 나에게 주오! 그 입술을 나에게!'라는 시도 있었다.

내가 편지를 로제에게 주면 로제는 자신의 필체로 베껴 썼다. 그 순진한 여인은 편지를 받으면 즉시 답장을 보냈고 로제는 그 답장을 내게 가져왔다. 그러면 나는 그 내용에 맞게 다시 편지를 썼다.

나는 편지를 쓰면서 은근히 분한 생각이 들기도 했다.

'도대체 그 고결한 여자는 어떻게 그런 열정과 우수에 넘치는 걸작을 이런 키다리 건달이 썼다고 믿을 수 있는 거지?' 하지만 그녀는 로제를 철석같이 믿고 있었다. 그러던 어느 날 펜싱 사범이 의기양양해서 내게 방금 받은 답장을 가지고 왔다.

오늘 저녁 9시, 군청 뒤에서

나의 유창한 편지 덕이었을까? 아니면 로제의 긴 콧수염 덕이었을까? 그날 밤 나는 의기양양해서 돌아온 로제의 부탁으로 다음과 같은 편지를 써야만 했다.

이 지상에서 나와 하룻밤을 보낸 하늘의 천사여…….

한 가지만 고백하자. 나는 그 편지를 쓰면서 일종의 배신감에 몸을 부르르 떨었다. 나의 천사가 바람둥이의 꼬임에 넘어가다니! 다행히 편지 쓰는 일은 그것으로 끝이었다. 이후 나는 더 이상 로제로부터 '세실리아'나 '귀한 가문' 운운하는 말을 들을 수 없었다.

2월 18일이었다. 눈이 많이 와서 아이들은 운동장에 나가서 놀 수가 없었다. 아침 자습이 끝나자 아이들은 모두 강당에 모여 정식 수업이 시작되기를 기다리고 있었다. 이날 감독은 나였다. 아이들은 밖을 내다보며 시끄럽게 떠들고 있었지만 나는 강당 한구석에서 편지를 읽으며 눈물을 흘리고 있었다. 형 자크에게서 온 편지였다.

사랑하는 다니엘에게

내 편지를 받아보고 많이 놀랄 거야. 내가 보름 전부터 파리에 와 있으리라고는 꿈에도 생각 못 했겠지? 부모님께는 아무 말씀도 안 드리고 리옹을 떠나버렸어. 어쩔 수 없었어. 그 끔찍한 도시가 너무 싫었거든. 특히 네가 떠난 뒤로는 더 했어.

나는 25프랑의 돈과 생니지에 주임 신부님의 소개 편지만 갖고 이곳에 왔어. 하느님이 도우셨는지 나이 든 후작한 분을 만나 그 집에 비서로 들어가게 됐어. 후작의 회고록 정리하는 일을 하는데, 그분이 불러주는 대로 받아쓰기만 하면 돼. 그 일로 한 달에 100프랑을 벌고 있어. 그리 대단한 돈은 아니지만 아껴 쓰면 집에 얼마간 보낼 수도 있을 거야.

사랑하는 다니엘! 파리는 정말 아름다운 도시야! 나도 완
전히 바뀌었어. 이제 전혀 울지 않아. 믿을 수 없겠지?

내가 거기까지 읽었을 때 눈길을 달려오는 마차 소리가 들렸
다. 마차가 학교 문 앞에 멈추자 아이들이 고함을 쳤다.

"군수님이다! 군수님이다!"

군수의 학교 방문은 큰 사건이었다. 그는 일 년에 한두 번,
큰일이 있을 때만 학교에 왔다. 아이들이 밖을 내다보며 소리
를 지르는 건 당연했다. 하지만 나는 편지를 마저 읽는 일이 더
중요했다. 나는 다시 구석 자리로 가서 앉아 편지를 읽기 시작
했다.

다니엘, 아버지가 노르망디의 한 주류 회사에서 시드르
(사과주) 판매를 하고 계신 건 알고 있겠지? 어머니는 지
금 혼자 계셔. 어머니께 편지 좀 드려. 네게서 소식이 없
다고 걱정하고 계셔.

참, 한 가지 빠뜨릴 뻔했네. 내 방은 카르티에 라탱에 있
어. 파리의 대학가 말이야. 소설에서 보던 진짜 시인의 방

이야. 창문은 작고 지붕들이 까마득히 펼쳐져 있어. 어때, 한시라도 빨리 이곳으로 달려오고 싶어지지? 나도 네가 옆에 있었으면 좋겠어. 언젠가 네게 오라고 연락하게 될 날이 오겠지.

학교 일에 너무 열심히 매달리지 마. 건강을 해치면 안 되잖아.

형 자크가, 사랑스런 입맞춤과 함께

나는 형의 편지를 읽으면서 울다가 웃었다. 나는 그동안의 방탕한 생활을 반성했다.

'그래, 이제 다 잊고 나도 열심히 공부해야지. 자크 형처럼 용감해져야지.'

종이 울렸고 학생들은 교실로 들어가려고 줄을 섰다. 그때였다. 수위가 내게 오더니 교장실에서 군수가 나를 기다린다고 전했다. 아니! 군수가 나를 기다려? 나는 가슴이 쿵쾅거렸다. 나는 계단을 두세 단씩 뛰어올라가며 상상력을 발동했다.

'그래, 방학식 때 나를 눈여겨보았다가 비서 자리를 내게 주려고 온 걸 거야.'

생각할수록 확신이 커졌다. 후작의 비서가 되었다는 자크 형의 편지를 방금 읽은 터라, 내 머리가 잠깐 이상해졌던 게 틀림없었다. 한 계단, 한 계단 올라갈수록 점점 더 확신이 들었다. 하늘로 붕 떠오르는 기분이었다.

복도를 막 도는 찰나 나는 로제와 마주쳤다. 얼굴이 하얗게 질려 있었다. 그는 내게 뭔가 할 말이 있는 듯 나를 쳐다보았다. 하지만 나는 군수가 나를 기다린다는 생각에 걸음을 멈추지 않고 그대로 지나쳤다.

교장실 앞에 서니 심장이 심하게 고동쳤다. 세상에! 군수의 비서가 되다니! 나는 심호흡을 하고 넥타이를 고쳐 매고 머리를 매만진 다음 손잡이를 조용히 돌렸다.

안으로 들어가니 군수는 무심한 표정으로 약간 미소를 띤 채 벽난로에 기대서 있었다. 교장은 그 옆에 공손히 서 있었다. 갑자기 불려온 비오 선생도 한쪽 구석에 숨을 죽이고 서 있었다.

내가 들어서자마자 군수가 나를 손가락으로 가리키며 말했다.

"그래, 우리 집 가정부를 유혹한 사람이 바로 저 사람이란 말이오?"

그는 여전히 웃음을 띠고 있었지만 분명히 빈정대는 어조로 말했다. 나는 그가 농담을 하는 줄 알고 아무 말도 하지 않았다. 하지만 그는 농담을 하고 있는 것이 아니었다. 잠시 침묵이 흐른 뒤에 그가 미소 지으며 다시 말했다.

"제가 영광스럽게 말씀을 나누고 계신 분이 다니엘 에세트 선생 아닌가요? 내 부인의 하녀를 유혹한 다니엘 에세트 선생."

내가 계속 어이없는 표정을 하고 있자 군수는 벽난로 위에 올려놓았던 종이 꾸러미를 집더니 내게 흔들어 보이며 말했다.

"선생, 여기 증거가 있는데도 시치미를 떼실 작정인가? 물론 서명은 없어요. 하녀도 이름을 대지 않았고. 하지만 편지에 자주 학교 이야기가 나오더군. 그리고 당신에게는 안됐지만 비오 선생이 당신 필체이며 문체라고 확인을 해주었어."

맙소사! 내가 세실리아에게 보낸 편지들이었던 것이다! 그토록 밤새워 공들여 쓴 아름다운 사랑의 말들이 하녀에게 갖다 바친 것이라니! 고관대작의 딸이라던 사람이 군수 부인 슬리퍼의 먼지나 터는 하녀였다니!

"자, 동 쥐앙 선생, 이 편지들이 당신이 쓴 거요, 아니요?"

나는 대답 대신 고개를 숙였다. 한 마디만 하면 내 결백이 밝혀질 수 있었다. 하지만 나는 단 한 마디도 하지 않았다. 나는 친구를 배반하고 싶지 않았다. 그 순간에도 꼬맹이는 친구의 고결한 우정을 조금도 의심하지 않았다. 꼬맹이는 순간 생각했다.

'로제가 편지 베껴 쓰기가 귀찮았나봐. 그 시간에 당구 한 판

더 치고 싶었던 모양이지.'

오오, 순진한 꼬맹이여!

마침내 군수가 선고를 내리듯이 말했다.

"자, 이제 어떻게 해야 하는지 다들 잘 아실 겁니다. 에세트 선생을 당장 학교에서 쫓아내야 하지만 사람들 눈도 있고 하니 일주일의 말미를 주겠습니다."

일주일이라! 새로운 자습감독을 구하기 위해 필요한 시간이었을 뿐 나는 당장 쫓겨난 것과 다름없었다. 나는 교장실을 나와 정신없이 내 방으로 돌아왔다.

방으로 들어가니 로제가 나를 기다리고 있었다. 매우 불안한 모습이었다. 그는 성큼성큼 방 안을 왔다 갔다 했다.

나는 교장실에서 있었던 일을 그에게 다 이야기해주었다. 그와의 우정을 지키기 위해 내가 학교에서 쫓겨나게 되었다는 사실을 알자 그는 내 두 손을 잡고 말했다.

"다니엘, 오, 고결한 사람이여!"

그러더니 그는 문 쪽으로 다가갔다.

"안 되오. 당신같이 고결한 사람이 나 대신 희생을 당하다니! 내가 교장실로 가서 다 사실을 말하겠소. 결코 당신이 쫓겨나는 일은 없을 거요."

그는 문을 향해 한 발자국 옮기더니 마치 잊었다는 듯 내게 다가와 속삭였다.

"다만, 내가 교장실로 가기 전에 당신에게 해줄 이야기가 있소. 이 껑다리 로제는 이 세상에 혼자가 아니라오. 불구인 어머니가……. 오, 어머니! 오, 불쌍하고 착한 나의 어머니! 모든 일이 다 끝나면 어머니께 편지를 써주겠다고 약속할 수 있소?"

침착하면서 섬뜩한 어조였다. 나는 겁이 더럭 나서 외쳤다.

"도대체 무슨 짓을 하려는 겁니까?"

로제는 대답이 없었다. 다만 그는 윗도리를 반쯤 열어 안주머니에 들어 있는 반짝이는 권총 손잡이를 보여주었다.

나는 감동해서 그에게 달려들었다.

"아니, 자살을 하려고요? 자살을 하겠다는 겁니까?"

"나는 5분 내로 학교에서 쫓겨날 게 분명하오. 말하자면 불명예스러운 일을 당하는 거지요. 명예를 잃느니 목숨을 버리겠다고 맹세하고 살아온 나요. 이제 한 시간 후면, 모두 안녕! 마지막으로 자두주 한 잔을 들이키겠소!"

그 말을 듣고 나는 단호히 문을 막아섰다.

"안 돼! 당신은 여기서 못 나가요! 당신이 죽느니 내가 학교를 그만두는 게 나아요!"

나는 고집을 부리는 그를 젖 먹던 힘을 다해 설득했다. 결국 그는 교장을 찾아가는 일과 그 후의 일을 얼마간 미루기로 내게 약속했다. 나는 교실로 내려가면서 절친한 친구의 목숨을 구해주었다는 사실이 너무 자랑스러웠다.

하지만 나의 앞길은? 그래, 다행히 오늘 자크 형의 편지를 받았어. 내가 몸을 눕힐 자리는 있겠지. 그런데 돈은? 그렇다. 떠나려면 돈이 필요했다. 수위에게 빌린 돈, 로제에게 빌린 돈을 합하면 70프랑 정도 되었고, 바르베트 카페의 외상값도 만만치 않았다.

그래, 로제라면 몇백 프랑 정도는 구해줄 거야. 자기 목숨을 내가 구해주었는데……. 나는 당장에 로제를 찾으러 카페로 갔다. 로제는 거기에 없었다. 누군가 로제는 친구들과 함께 프레리 초원으로 갔다고 말해주었다.

'원, 이런 날씨에 거긴 뭐 하러 간 거야'라고 생각하며 나는 프레리 초원을 향해 눈보라를 헤치며 달려갔다.

사를랑드의 성문에서 프레리 초원까지는 2킬로미터 정도 거리였다. 나는 로제 생각으로 불안에 젖어 있었다. 나와 약속했지만 자습 시간에 교장에게 모든 걸 다 말했는지도 모른다.

다시 그의 번쩍이는 권총이 눈앞에 어른거렸다. 불길한 생각에 나는 그 길을 15분 안에 주파했다. 도대체 이런 날씨에 왜 거기까지 갔단 말인가? 자살하려는 게 틀림없어. 세상을 하직하기 전에 친구들과 이별주를 나누려고 친구들도 데리고 간 걸 거야.

목적지에 도착한 나는 전에 로제와 함께 온 적이 있었던 술집으로 갔다. 내가 막 현관 계단에 발을 올려놓았을 때였다. 안에서 왁자지껄 웃음소리가 들려 나는 발걸음을 멈추었다. 웃음소리 끝에 내 이름이 들렸던 것이다. 특히 '다니엘 에세트'라는 이름이 나오면 모두들 자지러지게 웃어댔다. 나는 호기심이 일어 소리를 내지 않고 창문 앞으로 갔다.

나는 그때 정말 많은 것을 배웠다. 사람이 얼마나 비열할 수 있는지 배웠고, 사람을 의심하고 경멸하고 미워하는 법을 배웠다. 오오, 독자 여러분은 제발 그런 경험을 하지 않기를!

내 친구 펜싱 사범이 신이 나서 떠들고 있었다. 그는 연애 사건 이야기, 내가 대신 써준 연애편지 이야기, 군수가 학교로 왔던 이야기를 친구들에게 해주고 있었다.

"내가 알제리 보병대 있을 때 3년 동안 연극을 하기를 정말 잘했지. 그 바보 같은 에세트를 속이는 건 정말 쉽더라고!"

그러면서 그는 내 방에서 했던 한바탕 연극을 친구들 앞에서 다시 재연했다. 오! 파렴치한 인간! 그는 연극 대사를 읊조리듯이 말했다.

"오, 어머니! 불쌍하고 착한 나의 어머니!"

그러더니 그는 내 목소리를 흉내 냈다.

"안 돼! 당신은 여기서 못 나가요!"

친구들은 그의 연기에 포복절도했고, 나는 분노의 눈물을 흘렸다. 로제의 친구 한 사람이 물었다.

"그래, 세실리아는 어떻게 됐어?"

"참 착한 아가씨지. 고맙게도 어디론가 떠나버렸어. 이제 증거도 없어."

"그럼 다니엘은?"

"내가 알게 뭐야."

나는 당장에라도 뛰어들어 그들 앞에 서고 싶었다. 하지만 참아야 했다. 더 이상 조롱당하긴 싫었다. 더 이상 견딜 수 없어 나는 술집을 나서서 벌판을 내달렸다. 이제 와서 사실을 밝혀도 아무 소용없었다. 당사자인 세실리아도 떠났고 로제가 잡아떼면 그만이었다. 아, 어디로 가야 하나! 나는 녹초가 되어 밤나무 아래 쓰러졌다. 그때 학교 쪽에서 종소리가 들렸다. 번쩍 정신이 들었다. 어서 강당으로 가서 아이들을 감독해야 할 시

간이었다. 강당 생각을 하자 번개같이 내 머리를 스치는 것이
있었다.

나는 학교 현관을 지나 강당으로 갔다. 그리고 강당 한가운
데 매달려 흔들리고 있는 쇠고리를 바라보았다. 휴식 시간이
끝나자 나는 아이들을 데리고 자습실로 갔다. 그리고 그곳에서
자크 형에게 이별의 편지를 썼다. 그리고 그 편지를 자크 형에
게 보내달라는 내용의 편지를 또 한 통 썼다. 제르만 신부에게
보내는 편지였다. 나는 그 두 개의 편지를 커다란 봉투에 넣어
겉봉에 이렇게 썼다.

내 시체를 제일 먼저 발견하시는 분은 이 봉투를 제르만

신부님께 전해주시기 바랍니다.

밤이 되자 꼬맹이는 기숙사 불이 모두 꺼지는 것을 확인한
후 강당으로 갔다. 제르만 신부 방의 불빛만이 밝혀져 있었다.
강당 안은 어둡고 을씨년스러웠다. 강당 한구석에는 사다리가
있었다. 꼬맹이는 그것을 가져다 쇠고리 아래 놓고 그 위로 올
라갔다. 짐작대로 높이가 딱 맞았다. 꼬맹이는 목에 아무렇게나
감고 있던 넥타이를 풀어서 쇠고리에 묶고 그의 목에 걸 수 있

도록 느슨한 올가미를 만들었다.

1시를 알리는 종이 울렸다. '이제 나는 죽어야 한다.' 묘한 전율이 꼬맹이의 몸을 휘감았다.

"안녕, 자크 형! 안녕, 어머니! 안녕, 아버지!"

그때였다. 억센 손이 꼬맹이의 몸을 잡더니 강당 바닥에 내려놓았다. 이어서 비웃는 듯한 무뚝뚝한 목소리가 들렸다.

"이 시간에 공중 곡예를 하는 친구가 있군!"

익숙한 목소리였다. 제르만 신부였다. 한 손에 물병이 들려 있는 것으로 보아, 운동장 급수장에서 물을 긷다가 꼬맹이의 모습을 본 게 틀림없었다. 그가 눈물이 그득한 꼬맹이의 눈을 보고 한결 부드러워진 목소리로 되풀이했다.

"다니엘, 이 시간에 공중 곡예를 하려 하다니 무슨 짓인가?"

"저는 곡예를 하려던 게 아닙니다, 신부님. 저는 죽으려던 참입니다."

그러자 신부가 말했다.

"그래? 기왕 죽으려면 내 방에 가서 죽어. 거기가 한결 따뜻하니까."

그는 꼬맹이가 죽게 내버려달라고 애원하고 저항하는 건 아랑곳하지 않고, 그의 허리띠를 잡더니 마치 짐짝처럼 자신의 옆구리에 끼고 걸어갔다.

잠시 후 나는 신부의 방 벽난로 앞에 앉았다. 나는 흥분된 어조로 울먹이며 자초지종을 다 말씀드렸다. 그는 미소를 띠며 듣고 있더니 내가 말을 끝내자 내 손을 잡고 나지막하게 말했다.

"이봐, 그런 건 아무것도 아니야. 그런 일로 죽으려 하다니 정말 바보로군. 아주 간단한 일이네. 학교에서 쫓겨나게 되었다는 거 아니야? 그건 자네에게 정말 잘된 일일 수도 있어. 그래! 떠나야 해! 일주일이나 기다릴 필요가 뭐 있어? 당장 떠나! 여행 경비랑 빚은 걱정 마. 내가 다 빌려줄게. 어쨌든 그 일은 나중에 이야기하기로 하고, 우선 잠이나 자. 자네에게는 잠이 필요하고 나는 일을 해야 해. 자, 저기 내 침대에서 자. 나는 글을 쓰다가 졸리면 소파에서 잘게."

오, 얼마나 많은 일이 일어났던 하루였던가! 그러나 나는 결국 신부의 포근한 방에서 쌕쌕 잠을 이룰 수 있었다. 그것만으로도 나는 행복감에 젖었다.

다음 날 신부가 나를 흔들어 깨웠다. 아무것도 생각나지 않았다. 신부는 내게 아무 일도 없었던 것처럼 아이들 자습 시간 감독을 하고 점심 때 다시 찾아오라고 말했다. 자습 시간이 그렇게 길게 느껴진 적이 없었다.

점심 때 신부 방으로 가니 신부가 책상 앞에서 금화를 정성스럽게 나누고 있었다. 그는 나를 보자 웃으며 말했다.

"자, 이게 다 자네 걸세. 내가 다 계산해 보았지. 이게 여행 비용, 이건 수위에게 꾼 돈, 이건 술집 외상. 성직자가 될 내 동생을 위해 마련해 놓은 돈이야. 앞으로도 오륙 년은 더 남았으니 그 전에 우리가 만날 일이 있겠지."

내가 뭐라고 말하려고 하자 신부가 틈을 주지 않고 말했다.

"수업 종이 울리는군. 자, 여기서 작별 인사를 하세. 여긴 바스티유 감옥 같은 곳이야. 자네에겐 어울리지 않아. 어서 파리로 가. 열심히 일하고, 정성껏 하느님께 기도드리고, 파이프 담배를 피워. 사내대장부가 되어야 해, 다니엘. 자네는 아직 어린애야. 자네는 평생 어린애로 살게 될지도 몰라. 나는 자네가 어린애 짓을 할까봐 걱정이야."

그는 미소 지으며 두 팔을 벌렸다. 나는 너무 감동해서 그의 무릎을 끌어안으며 울음을 터뜨렸다. 그가 나를 일으켜 세우더니 내 뺨에 키스를 해주었다. 그는 서둘러 책과 노트를 집어 들더니 말했다.

"자, 서둘러. 참, 파리에 내 형이 한 명 있다네. 인자한 신부

지. 찾아가보면 좋을 거야. 지금은 주소를 말해주어도 잊어버리
겠지."

그 말과 함께 그는 방에서 나갔다. 나도 방에서 나가려는 순
간 벽난로 구석에 새까맣게 된 낡은 파이프가 여럿 눈에 뜨였
다. 나는 그중 가장 낡고 새까만 것을 기념으로 주머니에 넣고
그 방에서 나왔다.

나는 그렇게 그곳과 이별했다. 수위에게 빚을 갚고 술집 외
상값을 갚은 것은 물론이다.

사를랑드 학교여, 안녕! 심술궂은 중급반 학생들이여, 안녕!
잔인한 비오 선생의 열쇠여, 안녕! 나는 이제 떠난다! 다시는
돌아오지 않을 거다! 드 부쿠아랑 후작이여, 재수 좋은 줄 아시
오. 당신을 단칼에 쓰러뜨리려던 계획을 접고 떠납니다.

자, 마차여 달려라! 나팔을 울려라! 세 마리 말이 힘차게 끄
는 마차가 꼬맹이를 싣고 그의 고향 마을로 달려갔다. 바티스
트 외삼촌댁으로! 어머니를 빨리 보고 싶다! 그리고 파리 카르
티에 라탱으로 가서 자크 형을 만나야지!

제7장 파리로!

어머니의 오빠인 바티스트 외삼촌은 좀 특이한 사람이었다. 외삼촌은 착한 사람도 아니고 그렇다고 나쁜 사람도 아니었다. 그는 일찍 결혼했다. 외숙모는 인색하고 야윈 사람이었는데, 성질이 아주 거칠었다. 외삼촌은 외숙모를 무서워했다.

외삼촌은 40년 전부터 신문 삽화에 색칠하는 이상한 일을 하며 소일했다. 어머니는 이 늙은 편집증 환자와 표독스러운 그 아내 사이에서 어렵게 6개월을 지냈다. 어머니는 외삼촌 옆에서 물감 접시에 물을 붓고, 접시와 붓을 씻기도 하면서 뭔가 도움이 되려고 애썼다. 하지만 우리 집이 망한 이후 외삼촌은 아버지를 경멸하며 하루에도 수십 번씩, '에세트, 그 사람 정말 생각 없는 사람이야. 그 사람은 이제 끝장났어'라고 되뇌었다.

신문이나 스페인어 문법책에 어린아이처럼 색칠이나 하며 지내는 주제에…….

나를 보자 외삼촌이 물었다.

"방학이라서 온 거냐?"

"아닙니다. 파리에 있는 자크 형이 좋은 일자리를 구해서 학교를 그만두고 파리로 가려 합니다."

불쌍한 어머니가 안심하실 수 있도록, 또한 외삼촌에게 나도 앞가림 정도는 한다고 과시하기 위해 나는 거짓말을 했다. 그러자 외숙모가 말했다.

"다니엘, 언젠가 어머니를 파리로 모시고 가거라. 너희들과 떨어져 있으니 힘들어해. 게다가 우리에게도 큰 짐이야."

아! 사랑하는 어머니! 나는 당장에 어머니를 모시고 가고 싶은 마음이 간절했다. 그러나 무작정 파리로 어머니를 모시고 갈 수는 없었다. 가진 돈이라야 달랑 차비뿐이었으며, 자크 형의 방은 비좁을 게 뻔했다.

외삼촌의 집에서 나오면서 꼬맹이는 가슴이 미어터질 것만 같았다. 혼자서 기차역을 향해 어두운 길을 걸어가며 꼬맹이는 이제부터 어른스럽게 처신할 것이며, 집안을 일으켜 세우는 일만 생각하겠다고 다짐했다.

2월 말이었다. 날은 몹시 추웠다. 차창 밖으로 잿빛 하늘, 싸락눈, 벌판에 일렬로 늘어선 포도나무들이 휙휙 지나갔다. 기차 안은 노래 부르는 선원들, 입을 벌리고 잠들어 있는 농부들, 장바구니를 든 할머니들, 아이들, 젖꼭지를 아이 입에 물린 어머니들 등으로 소란스러웠다.

파리까지는 이틀이 걸렸다. 수중에 가진 돈이 없어 쫄쫄 굶으며, 가난뱅이들이 타는 3등 열차 안에서 이를 악물고 버텨야만 했다. 내게는 40수짜리 동전이 하나 있었지만 만일의 경우에 대비해서 간직하고 있어야만 했다. 너무나 춥고 배가 고파서 눈물이 나올 지경이었다.

드디어 파리에 도착했다. 자크 형은 역에 마중 나와 있었다. 나는 약간 구부정한 큰 키의 형의 모습을 단번에 알아보았다. 우리는 힘껏 껴안았다. 그리고 함께 역에서 나와 걸었다. 내 짐은 다음 날 자크 형이 사람을 보내 찾아오겠다고 말했다. 형은 성당이 있는 조그만 광장에서 멈춰서더니 성당을 가리키며 말했다.

"여기가 생제르맹 데 프레야. 내 방은 저 위에 있어."

아니, 형이 성당에 살고 있단 말인가? 내가 의아한 표정을 짓자 형이 웃으며 설명해주었다. 형은 성당 바로 옆 건물

6~7층쯤 되는 다락방에 살고 있었다. 방 창문은 성당 쪽을 향해 성당의 종루와 같은 높이에 나 있었다. 우리는 힘겹게 계단을 올라, 형의 방에 들어섰다. 나는 기뻐서 소리쳤다.

"와, 불이다!"

나는 벽난로에 내 발을 갖다 댔다. 형이 웃으며 말했다.

"다니엘, 고무장화 녹겠다. 세상에! 네가 유명해지면 '고무장화를 신고 파리에 왔노라'라고 자랑해도 되겠다. 자, 내 실내화를 신어. 배고플 테니 어서 뭘 좀 먹자."

형은 방 한구석에 차려놓았던 식탁을 불가로 끌고 왔다.

오오! 그날 밤 자크 형의 방은 그 얼마나 편하고 훌륭했던가! 식탁보 위에 어른거리는 난로 불빛은 그 얼마나 아늑하고 즐거웠던가! 오래된 포도주 향기는 제비꽃 향기를 풍기며 얼마나 상큼하게 내 입을 적셨던가! 노릇노릇하게 구워진 파이는 그 얼마나 보기에 좋았던가!

자크 형은 내게 계속 음식을 덜어주면서 그동안의 이야기를 했다. 나는 형을 통해 그동안 집이 얼마나 형편없이 몰락했는지 자세히 알게 되었다. 가재도구들도 집행관들이 모두 압수해가고 겨우 의자 하나와 매트리스 하나, 빗자루 하나만 남아 있는 형편이었다. 그리고 바퀴벌레들이 다시 기승을 부리기 시작했단다.

형은 집안을 일으켜 세우겠다는 내 편지를 보고 감동을 받았다고 했다. 그리고 자기도 같은 결심을 했다고 말했다. 하지만 리옹에서 버는 빠듯한 돈으로는 제 한 몸 건사하기도 힘들어서 파리로 올 결심을 한 것이다. 형은 생니지에의 주임 신부께 추천서를 부탁해서 들고 파리로 왔다. 차비 35프랑과 일자리를 구할 동안 쓸 25프랑을 합해 달랑 60프랑이 수중에 있었다.

신부는 릴가에 사는 백작 한 분과 생기욤가의 공작 한 분에게 추천서를 써주었다. 그중 릴가의 백작이 비서를 구한다는 다크빌 후작을 소개해주었고 후작의 회고록을 받아쓰는 일을 하게 되었다. 하루 종일 그 집에서 일하고 한 달 보수는 100프랑이었다. 회고록은 3년 후면 끝날 것이며 후작은 회고록이 끝나면 좋은 일이 기다리고 있을 것이라고 형에게 약속했다. 하지만……

형은 말했다.

"아, 저녁이면 늘 쓸쓸했어. 하지만 이제 네가 내 곁에 있으니 외롭지 않을 거야. 다니엘, 정말 기뻐. 이제 우리는 행복하게 지낼 거야."

형의 이야기가 끝나자 나는 내 이야기를 해주었다. 우리들의 이야기는 밤을 새워도 모자랄 지경이었다. 나는 자살 소동과 제르만 신부의 따끔한 충고—너는 평생 어린애로 살 것 같다, 라는 충고—까지 다 들려주었다. 자크 형은 팔꿈치를 식탁에 괸 채 내 이야기를 다 들어주었다. 내 말을 다 듣고 자크 형이 말했다.

"제르만 신부님 말씀이 옳아. 다니엘 너는 어린애야. 혼자서는 세상을 살아갈 수 없는 어린애. 이제부터 너는 내 동생이면서 내 아들이야. 어머니께서 멀리 계시니까 나는 이제부터 네 엄마야. 삶이 너를 잡아먹지 않게 내가 너를 보호해줄 거야."

나는 그의 목을 끌어안는 것으로 대답을 대신했다.

'그래, 자크 엄마. 우리 좋은 엄마!'

그러자 자크 형은 옛 리옹 시절에 그랬듯이 오랫동안 뜨거운 눈물을 흘렸다. 하지만 형은 곧 이제 자기는 울지 않는다고 했다. 자기 말로는 눈물 저수지가 다 말랐다고 했다. 그리고 앞으로는 절대 울지 않을 것이라고 했다.

순간 7시를 알리는 종소리가 울렸다. 창밖이 훤하게 밝아오고 있었다. 자크 형은 내게 이런 저런 자상한 충고를 해준 후 내게 한잠 자라며, 오후 8시에 돌아오겠다며 밖으로 나갔다. 형이 나간 후 나는 한참을 정신없이 잤다.

아무 일도 없었다면 나는 형이 돌아올 때까지 잠을 잤을 것이다. 그런데 갑자기 울리는 종소리에 놀라 나는 벌떡 일어났다. 나는 그 끔찍한 사를랑드의 종소리인 줄 알고 벌떡 일어나 창밖을 내다보았다. 그곳은 사를랑드가 아니고 파리였다! 나는 강한 욕망에 사로잡혀 소리쳤다.

"그래, 파리를 보러 가자!"

제8장 자크 형의 예산

겨울이 끝나갈 무렵이었고 따사로운 햇볕이 가득했다. 진짜 봄날보다도 더 화창했다. 거리에는 정말 사람이 많았다. 호기 있게 집을 나섰지만 정작 길에서는 얼이 빠져 쭈뼛거리며 앞만 보고 걸었다. 촌놈의 자존심으로 나는 아무에게도 길을 묻지 않고 무작정 걸었다.

사람들은 이상한 차림에, 이렇게 맑은 날 고무장화를 신은 나를 힐끔힐끔 쳐다보았다. 길을 가던 어떤 여자가 함께 가던 여자에게 "어머, 저 사람 좀 봐"라고 말하는 소리가 들렸고 나는 다리가 휘청거렸다.

나는 그렇게 한 시간 정도 걸었다. 당연한 이야기지만 나는 그만 길을 잃고 말았다. 사람들에게 생제르맹 데 프레가 어디

냐고 물어본다면 조롱거리가 될 게 뻔했다. 하지만 당황한 모습을 사람들에게 보이기 싫었다. 나는 짐짓 여유 있는 표정을 지으며 극장 프로그램을 살펴보는 척했다. 하지만 속으로는 걱정이 태산이었다. 자칫했다가는 통금을 알리는 종이 울릴 때까지 꼼짝도 못 하고 서 있어야 할 판이었다. 그때 구세주가 나타났다. 자크 형이었다.

"아니, 다니엘! 너 여기서 뭐하고 있는 거니?"

"보면 몰라? 산책 중이잖아."

"야, 너 파리 사람 다 됐구나."

형은 후작이 목이 쉬어 말을 못하게 된 덕분에 내일까지 휴가를 얻었다고 했다.

나는 형과 함께 당당하게 파리 시내를 돌아다녔다. 하지만 그놈의 고무장화는 여전히 마음에 걸렸다. 형도 내 심정을 알고 내게 말했다.

"네 고무장화, 정말 멋지다는 거 너도 알지? 어쨌건 돈 많이 벌면 네게 나중에 좋은 구두 한 켤레 사줄게."

집으로 돌아온 우리는 난롯가에 앉았다. 저녁 무렵 누가 창문을 두드렸다. 후작의 하인이 내 가방을 가져온 것이다. 형이 말했다.

"잘됐다. 네 옷들 좀 살펴보자."

내 옷가지라고! 형편없는 옷들이 가방에서 나올 때마다 얼굴이 붉어졌고 가련한 생각이 들었다. 그런데 꼼꼼하게 가방 검사를 하던 형이 갑자기 소리쳤다.

"아니, 다니엘! 이게 뭐니? 시, 시잖아! 너 시 쓰니?"

그러더니 형은 시를 읽기 시작했다. 나는 형이 형편없다고 생각하면 어쩌나 걱정이 태산이었다. 그런데 낭송이 끝나자마자 형이 내 목을 얼싸안았다.

"오, 다니엘! 정말 아름다워! 정말로! 나도 옛날에 시를 쓰려다 포기한 적이 있어서 잘 알아."

자크 형은 큰 걸음으로 방을 서성이다가 뭔가 혼잣말을 했다. 그러더니 갑자기 엄숙한 표정을 지으며 멈춰 섰다.

"더 이상 망설일 것 없다. 다니엘, 너는 시인이야! 너는 시인으로 있어야 하고, 시인으로서 살아야 해!"

"오, 형! 고마워. 하지만 그건 어려워. 처음에는 더 그래. 돈벌이를 못 하잖아."

"걱정 마. 내가 두 사람 몫을 벌면 돼."

"그러면 우리 집은? 우리 집을 다시 일으켜 세워야 하잖아."

"우리 집? 그건 내가 맡을게. 넌 집안을 빛내는 거야. 우리 집안이 유명해지면 부모님이 얼마나 자랑스러워하시겠니?"

나는 계속 그럴 수 없는 이유를 댔지만 그럴 때마다 형이 나를 추켜세우며 척척 대답을 했다. 솔직히 말하자면 나도 형 생각에 그렇게 강하게 반대하지는 않았다. 나는 형의 부추기는 말에 벌써 라마르틴 같은 유명한 시인이라도 된 듯 우쭐하는 마음이 들었다. 자크 형은 내게 시로 성공해서 서른다섯의 나이에 '아카데미 프랑세즈' 회원이 되어야 한다며 이렇게 마무리를 지었다.

"그러면 어머니가 얼마나 기뻐하실까 생각해봐."

형의 마지막 말은 그야말로 대못이었다. 어머니 이야기가 나오면 그 어떤 반박도 할 수 없었다. '그래, 아카데미 프랑세즈 회원이 되는 거다! 늙은이들이 자리를 차지하고 있는 고리타분한 곳이지만 거기 젊은 피를 불어넣으면 되는 거지! 그러다 정말 따분하면 탈퇴하면 되지, 뭐!' 나는 시인으로 남기로, 유명한 시인이 되기로 결심했다.

우리는 함께 저녁을 먹으러 외출했다. 가난한 사람들이 주로 이용하는 형의 단골 식당이었다. 굶주린 듯 접시를 샅샅이 핥고 있는 초라한 행색의 사람들 틈에 섞여서 우리는 저녁을 먹었다.

형이 내게 속삭였다.

"여기 이 사람들, 대부분 글쟁이들이야."

나는 조금 쓸쓸한 기분이 들었지만 내색은 하지 않았다. 저녁 식사는 아주 즐거웠다. 다니엘 에세트(당당한 아카데미 회원!) 씨는 활기에 넘쳤고 식욕은 왕성했다. 우리는 다시 형의 다락방으로 올라왔다.

아카데미 프랑세즈 회원께서는 담뱃대를 물고 창가에 앉아 있었고 형은 뭔가 계산에 몰두했다. 그러더니 갑자기 환호성을 지르며 자리에서 벌떡 일어났다.

"만세! 계산 끝! 드디어 해결했다!"

"형, 뭐가 해결됐다는 거야?"

"응, 우리들 예산 짜는 일. 생각해봐. 한 달에 60프랑으로 둘이 사는 건 쉬운 일이 아니거든."

"형, 60프랑? 난 형이 100프랑을 받는 줄 알았는데……."

"맞아. 하지만 우리 집을 다시 일으키려고 어머니께 매달 40프랑씩 보내드리고 있어. 방세가 15프랑, 별로 비싼 편이 아니야. 석탄 값이 5프랑, 그러면 40프랑이 남잖아. 네 밥값으로 30프랑을 쓰자. 아까 그 식당에서 디저트를 먹지 않으면 한 끼에 15수거든. 네 점심 값으로는 5수를 쳤어. 그거면 되겠지?"

"그럼."

"자, 남는 10프랑 중 세탁비가 7프랑, 나머지 3프랑에서 내 점심값으로 30수. 난 매일 후작 집에서 저녁을 잘 먹으니까, 점심은 간단하게 먹어도 돼. 이렇게 하면 딱 30수가 남지? 그건 비상금으로 남겨 두자. 네 담뱃값도 대야 하잖아. 어때, 딱 60프랑이지?"

"그렇네."

"한 가지 남은 게 있어. 네 신발하고 옷. 그건 따로 생각이 있어. 저녁 8시부터는 자유니까, 어디 장부 정리하는 일 같은 걸 알아봐야지. 피에로트 아저씨가 알아봐 줄 수 있을 거야. 너 피에로트 아저씨 기억나지? 세벤느의 피에로트. 어머니 소꿉친구 말이야. 소몽가에서 도자기 가게를 하고 있어."

"피에로트 아저씨? 응, 생각나. 형, 그 집에 자주 가?"

"응, 자주 가. 저녁이면 음악을 하거든."

"피에로트 씨가 음악가야?"

"아니, 그분 딸."

"딸? 딸이 있어? 오라, 형……. 피에로트 양 미인이야?"

"다니엘, 한꺼번에 너무 많은 걸 알려고 하지 마. 내가 나중에 알려줄게. 이제 그만 자자."

곧이어 자크가 촛불을 껐고 미래 아카데미 프랑세즈 회원은,
열 살 때처럼 형의 어깨에 기대어 잠이 들었다.

제9장 피에로트 아저씨네 집

아침에 일어나면 형은 후작 댁으로 일을 하러 갔고 저녁이 되어서야 돌아왔다. 나는 매일 혼자서 시의 여신 뮤즈와 만나며 홀로 집에 있었다. 생제르맹 성당의 종소리는 하루에도 몇 번씩 나를 찾아왔다. 나는 그 종소리가 너무 좋았다. 그 종소리는 내게는 감미로운 음악이었다. 가끔 참새들이 창문가에 앉아 짹짹거리기도 했다. 뮤즈와 종소리, 그리고 참새들 외에는 아무도 찾아오는 이가 없었다. 너무 당연한 일이었다. 이곳 파리에서 도대체 누가 나를 찾아오겠는가? 생브누아 거리의 서민 식당에 가면 나는 혼자 구석에 앉아 고개를 숙인 채 음식을 먹어 치운 후 재빨리 빠져나왔다. 기분 전환할 일도 별로 없었기에 산책도 하지 않았고 뤽상부르 공원에도 가지 않았다. 실은 내

꼬맹이

초라한 행색과 고무장화 때문이었다. 나는 다락방에서 자크 형을 기다리며 시작(詩作)에 몰두했다.

형이 돌아오면 우리의 작은 보금자리는 활기에 넘쳤다. 형은 '시 잘 되어가?'라고 물은 후 그날 후작 집에서 있었던 일, 괴짜 후작에 관한 이야기들을 신나게 해주었다. 그리고 후작 집에서 가져온 디저트용 과자를 내게 주고 내가 맛있게 깨물어 먹는 모습을 즐거운 표정으로 바라보곤 했다.

그런 후 나는 다시 책상에 앉아 시 쓰기에 몰두했고 형은 슬그머니 방을 나서며 내게 말하곤 했다.

"너 일하는 동안 나 잠깐 '거기' 좀 다녀올게."

거기는 바로 피에로트 아저씨 댁을 말했다.

나는 형이 거기 가기 전에 거울 앞에서 머리를 빗고 넥타이를 여러 번 고쳐 매는 것을 보고 속사정을 다 알아차렸다. 형은 거기 갈 때마다 넥타이를 다르게 고쳐 맸다. 하지만 나는 형이 거북해할까봐 모른 척하고 있었다. 얼마 후 형은 한 달에 50프랑씩 받기로 하고 어느 철물점에서 장부 정리하는 일을 맡게 되었다. 반은 기쁜 일이었고 반은 슬픈 일이었다.

내가 형에게 물었다.

"형, 매일 밤 철물점에서 일을 하면 거기는 언제 가?"

"일요일이 있잖아."

그 말을 하는 형의 표정이 슬퍼 보였다.

그러던 어느 일요일이었다. 집을 나서려던 형이 갑자기 나를 보고 말했다.

"다니엘, 너 혹시 거기 나랑 같이 가보지 않을래? 다들 좋아할 거야."

나는 머뭇거렸다. 그러자 형이 말했다.

"아, 옷하고 구두 때문에 그러는구나. 자, 나랑 함께 나가자. 옷하고 구두 사줄게. 월말이잖아. 돈이 좀 있어."

그날 형은 중고 옷가게에서 옷과 구두를 사주었고 우리는 함께 피에로트 아저씨 집으로 향했다.

가는 길에 자크 형은 피에로트 아저씨에 대해 이야기를 해주었다. 피에로트 아저씨의 어머니는 우리 어머니인 에세트 부인의 유모였다. 그런 그가 지금은 소몽가에서 연 20만 프랑의 수입을 보장하는 도자기 가게를 운영하고 있었다. 하지만 그가 스무 살이었을 때 장차 그가 랄루에트 씨의 가게를 물려받아 직접 그 가게를 운영하리라고 생각한 사람은 아무도 없었다.

그는 스무 살까지 고향을 한 번도 떠난 적이 없었으며 세벤느 지방 사투리가 심한 사람이었다. 누에를 쳐서 일 년에 500프랑을 버는 촌사람이었다. 그의 여자 친구 로베르트는 고아였으며 가난했다. 하지만 그녀는 글을 읽고 쓸 줄 알았고 피에로트는 그걸 자랑스럽게 여겼다. 피에로트는 징집 추첨에서 군대 면제를 받으면 그녀와 결혼할 예정이었다. 그런데 운이 나쁘게도 그는 군대에 가야 하는 숫자 4를 뽑았다. 그는 절망했다. 군대에 가지 않으려면 누군가 대신 가야 할 사람에게 돈을 주어야 했다. 당시만 해도 부유했던 에세트 부인은 유모에게 2,000프랑을 빌려주었고 피에로트는 로베르트와 결혼할 수 있었다.

결혼과 동시에 고향을 떠난 그들은 열심히 일을 해서 세 번에 걸쳐 그 빚을 다 갚았다. 마지막 편지와 함께 1200프랑을 받았을 때는 불행히도 우리 집은 이미 몰락해가고 있는 중이었다. 이미 공장은 팔렸고 우리는 리옹으로 이사를 하려던 참이었다. 그 이후 그들 소식은 끊겼었다. 그런데 상점 카운터에 앉아 있던 그 착한 피에로트 아저씨가 길을 가던 자크 형의 모습을 알아보았고, 둘이 만나게 된 것이었다. 피에로트 아저씨는 아내를 잃고 홀몸이었다.

아저씨가 파리에서 기반을 잡을 때까지 겪은 사연을 자크 형은 길게 이야기해주었다.

파리에 도착한 부부는 닥치는 대로 일했다. 부인은 한 달에 12프랑의 돈을 받고 랄루에트 부부의 집에서 가정부 일을 했다. 로베르트 아줌마는 정말 암소처럼 부지런했고, 온갖 궂은일도 마다하지 않았다. 인색하기만 했던 주인 부부도 결국 이 부지런하면서 밝고 꿋꿋한 시골 아낙에게 끌렸다. 피에로트 아저씨는 파리 뒷골목을 돌아다니며 고물들을 모아 고물상에게 파는 일을 했다. 그는 아주 성실했다.

그러던 어느 날이었다. 너무 늙어서 모든 일을 스스로 하기 힘들어진 랄루에트 노인은 피에로트 아저씨에게 가게 점원 일을 해보지 않겠느냐고 제안했다. 피에로트 아저씨는 선선히 응낙했다. 로베르트 부인은 파리에 도착하자마자 피에로트 아저씨께 열심히 글을 가르쳤고, 덕분에 그는 글을 읽고 쓸 줄 알게 되었다.

그는 가게 점원 일을 하면서 야간 학교에도 다니며 부기와 계산법도 배웠다. 열심히 공부한 덕분에 랄루에트 씨를 대신해 카운터 일을 보게 되었고 그사이 딸도 한 명 태어났다. 세월이 지나 피에로트 아저씨는 랄루에트 씨의 동업자가 되었고, 어느 날 시력을 완전히 잃은 랄루에트 씨는 사업 전체를 피에로트 아저씨에게 양도했다. 이후 피에로트 아저씨는 일을 열심히 해서 랄루에트 씨에게 진 빚을 모두 갚았고, 이제는 어엿하게 그 가게의 진짜 주인이 된 것이었다. 그런데 남편이 그렇게 성공할 때까지 도와주었던 로베르트 아주머니가, 마치 남편이 자기 도움 없이도 살아갈 수 있게 될 때를 기다렸다는 듯이 세상을 떠나버렸다.

우리는 저녁 9시가 다 되어서야 랄루에트 상점에 도착했다. 자크 형이 카운터에 앉아 있던 피에로트 아저씨에게 인사했다.

"안녕하세요, 피에로트 아저씨."

자크 형의 목소리에 고개를 든 아저씨는 내 모습을 보고 외쳤다.

"앗, 이게 누구야!"

"그래요, 아저씨! 제가 뭐라고 그랬어요."

그러자 아저씨가 중얼거렸다.

"오, 맙소사! 원 세상에! 그래, 정말 맞아. 그분이 내 앞에 있는 것 같아……."

"특히 눈이 닮았지요."

"그래, 저 턱은 또 어떻고……. 보조개도 똑같아."

제9장 피에로트 아저씨네 집

91

나는 아저씨와 형이 무슨 말을 하는지 이해할 수가 없었다. 아저씨는 카운터에서 일어나더니 두 팔을 벌리고 내게 다가왔다.

"다니엘, 어디 한번 안아보자. 정말 에세트 부인을 보는 것 같아."

그 말에 나는 모든 것을 이해할 수 있었다. 나는 어머니를 많이 닮았었고 은인으로 생각해오던 어머니를 25년이나 보지 못했던 피에로트 아저씨가 나의 모습에 감동을 받은 것이었다.

아저씨 가게는 정말 넓었다. 불룩한 물병들, 둥근 유리그릇들, 크리스털 유리잔들, 불룩한 접시들이 그득 차 있었다. 그야말로 도자기 궁전이었다. 아저씨는 장부 정리가 끝나면 올라가겠다며 둘이 먼저 집으로 올라가라고, 딸이 기다리고 있다고 말했다.

피에로트 아저씨 집은 가게가 들어 있는 건물 5층에 있었다. 계단을 올라가면서 형이 말했다.

"굉장히 큰 집이야. 아저씨 딸 카미유는 항상 집에서 지내고 있어. 트리부라는 부인이 돌봐주고 있는데 잠시도 곁을 떠나지 않아."

우리가 집 안으로 들어섰을 때 카미유 양은 피아노 앞에 앉아 있었다. 트리부 부인은 또 한 명의 나이 든 부인과 트럼프

놀이를 하고 있었다. 랄루에트 부인이었다.

자크 형과 나는 피에로트 양을 사이에 두고 앉았고, 그녀는 작은 손으로 피아노 건반을 두드리며 우리와 함께 웃고 떠들었다. 나는 그녀가 말을 하는 동안 가만히 그녀를 쳐다보았다. 미인은 아니었다. 게다가 전체적으로 너무 통통했고 약간 쌀쌀맞은 것 같았다. 한마디로 소몽가의 큰 도자기 상점에서 자란 한 송이 꽃이었다.

내가 무슨 말을 건네는 순간 피에로트 양은 천천히 고개를 들어 나를 쳐다보았다. 그 순간 마치 무슨 마법이라도 발휘된 듯, 조그만 부르주아 소녀는 내 눈앞에서 사라졌다. 내게는 그녀의 두 눈밖에 보이지 않았다. 나는 눈부시게 아름다운 그 커다란 검은 눈동자에 단번에 사로잡혔다.

그러나 그것은 순간이었다. 잠깐 고개를 돌렸다가 다시 그녀를 보니 검은 눈동자는 이미 사라지고 없었다. 대신 딱딱한 인상의 한 부르주아 소녀가 피아노 앞에 앉아 있을 뿐이었다.

그 순간 내가 앉아 있는 곳 가까이서 무언가 갉아먹는 듯한 소리가 들렸다. 놀라서 고개를 돌려보니 피아노 옆 팔걸이의자에 노인 한 명이 앉아 있었다. 큰 키에 깡마른 노인이었다. 노인이 손에 들고 있는 사탕을 입에 넣고 갉아먹지 않았다면 거기 있는 줄도 몰랐을 것이다.

나는 노인에게 꾸벅 인사했다. 하지만 아무 반응이 없었다. 그러자 자크 형이 설명해주었다.

"저분은 너를 못 보셔. 앞을 못 보시거든. 랄루에트 영감님이셔."

그때 피에로트 아저씨가 집 안으로 들어섰다. 아저씨는 통통한 딸의 뺨에 입을 맞추며 말했다.

"그래, 우리 공주님, 이제 만족하셨나? 드디어 너의 다니엘을 데려왔으니……. 직접 보니까 어때? 정말 에세트 부인을 꼭 닮았어."

카미유는 자크 형의 청으로 피아노를 연주했다. 「로젤린의 명상곡」이라는 이름으로 알려진 트레몰로 곡이었다. 연주를 마친 그녀가 눈을 내리 깔며 내게 말했다.

"다니엘 씨, 이제 당신 작품을 들려주시지 않겠어요? 시인이시라던데요."

"게다가 훌륭한 시인이지요."

자크 형이 말했다. 아, 형은 참 입도 가벼워. 하지만 나는 이런 분위기에서는 시를 낭송할 기분이 나지 않았다. 만일 그 검은 눈동자를 다시 볼 수 있다면 또 모르겠지만……. 하지만 그 검은 눈동자의 광채는 이미 꺼져 있었고, 나 혼자서 검은 눈동자를 찾고 있었을 뿐이었다. 나는 말했다.

"아가씨, 죄송하지만 오늘은 저의 리라를 가져오지 않았습니다."

나의 은유적 표현을 곧이곧대로 해석한 피에로트 아저씨가 말했다.

"이제 자주 올 테니 다음에 올 때는 꼭 가져오게나."

11시 무렵 차가 나왔다. 피에로트 양은 미소를 띤 채 사람들에게 설탕도 권하고, 우유를 따라주기도 하면서 거실을 왔다 갔다 했다. 그 순간 나는 검은 눈동자를 다시 보았다. 반짝이는 검은 눈동자가 다시 내 눈앞에 나타난 것이다. 그러고는 미처 내가 말을 걸기도 전에 그 눈동자는 사라져버렸다.

순간 나는 확실하게 깨달을 수 있었다. 피에로트 양의 내부에는 두 인격체가 공존하고 있었던 것이다. 그중 하나는 랄루에트 상점 주인에게 딱 알맞은 소공녀 피에로트 양이었고, 다른 하나는 마치 아름다운 꽃처럼 피어나는 크고 검은 시적인 눈동자였다. 그 매력적인 눈동자가 다시 나타나면 이 멋대가리 없는 도자기 가게는 환하게 빛을 발하는 것이었다. 피에로트 양이라면 이 세상 그 무엇을 다 준다 해도 사양하겠지만 검은 눈동자라면……. 아! 검은 눈동자!

형과 나는 꽤 늦은 시각이 되어서야 그 집에서 나왔다. 나는 형에게 말했다.

"형, 피에로트 양은 정말 매력적이야."

"그렇지?"

사랑에 빠진 형은 내 말이 떨어지기가 무섭게 얼마나 재빨리 받아치던지 나는 웃음이 나왔다.

"형, 드디어 본심을 드러냈네."

우리는 그날 강가를 꽤 오래 산책했다. 형은 자기가 그녀를 사랑한다고 고백했다. 하지만 그녀는 자기를 사랑하지 않는다고 쓸쓸하게 말했다.

"그럼 누군가 다른 사람을 사랑하나 보지?"

"아니야, 다니엘. 내가 알기로는 적어도 오늘 밤이 되기 전까지는 그 누구도 사랑하지 않았어."

"오늘 밤이 되기 전까지라니? 형, 그게 무슨 소리야?"

"글쎄, 모든 사람이 너를 좋아해. 그녀도 곧 너를 좋아하게 될 거야."

나는 어이가 없다는 듯 마구 웃어젖혔다.

"세상에, 우리 어머니 자크! 그런 소리 마세요! 피에로트 양은 내 마음에서 아주 멀리 있답니다. 내가 그녀 마음에서 멀리 있는 것처럼⋯⋯. 형이 겁낼 사람은 내가 아니야."

　그 말은 진심이었다. 피에로트 양은 내 안중에도 없었다. 혹시 검은 눈동자라면 그건 다른 문제이겠지만⋯⋯.

제10장 붉은 장미와 검은 눈동자

그날 이후 한동안 나는 랄루에트 상점에 가지 않았다. 하지만 형은 매번 넥타이를 새롭게 매고 거기로 갔다. 형이 거기로 가면 나는 혼자 남아 시를 썼다. 나는 더 이상 피에로트 아저씨 집에 가지 않기로 결심했다. 검은 눈동자가 두려웠다. 나는 스스로 다짐했다.

'검은 눈동자를 다시 한번 보게 되면 그건 끝장이야.'

사실 내가 검은 눈동자를 다시는 보지 않겠다고 결심한 것은 그 망할 놈의 검은 눈동자가 잠시도 내 곁을 떠나지 않았기 때문이었다. 어딜 가나 검은 눈동자가 보였다. 시를 쓸 때도, 잠을 잘 때도 늘 내 눈앞에 어른거렸다. 형이 넥타이를 고쳐 매고 소몽가를 향할 때마다, '형, 같이 가!'라고 소리치며 뒤따라가고 싫을 때가 한두 번이 아니었다.

그러던 어느 일요일이었다. 소풍가에 다녀온 형은 평소보다 더 풀이 죽어 있었다. 내가 형에게 물었다.

"형, 무슨 일이야? 일이 잘 안 되는 거야? 피에로트 아저씨가 뭐라고 그래?"

"다니엘, 내 사랑에 방해가 되는 건 아저씨가 아니야. 그녀가 나를 사랑하지 않아. 아마 영원히 그럴 거야."

"형, 무슨 말도 안 되는 소리를 하는 거야. 그녀가 형을 사랑하지 않는 걸 어떻게 알아? 형이 그녀에게 사랑한다고 말했어? 안 했지? 그러면서 뭘 그래."

"그녀가 사랑하는 사람은 아무 말도 않고 있어. 말 안 해도 그녀에게 사랑받고 있어."

수수께끼 같은 말이었다. 내가 재차 물어보아도 형은 "그 사람은 그냥 가만히 있을 뿐이야"라고만 말했을 뿐이었다.

그날 밤 자크 형은 거의 밤이 새도록 창가에 서서 별들을 바라보며 한숨만 내쉬고 있었고, 나는 나대로 생각에 잠겨 있었다.

'내가 거기 가보아야겠어. 피에로트 양은 아마 형의 넥타이 매듭에서 형의 사랑을 눈치 채지 못한 모양이야. 내가 가서, 형이 그녀를 사랑한다고 형 대신 말해줘야지. 그래, 바로 그거야.

내가 직접 그 속물 같은 여자에게 사실을 말해주는 거야.'

다음 날 나는 자크 형에게는 비밀로 한 채 내 계획을 실행에 옮겼다. 분명히 말하지만 거기에 갈 때 내게는 조금도 다른 마음이 없었다는 것을 하느님께 맹세할 수 있다. 내가 거기에 간 것은 형을 위해서, 오로지 형 자크를 위해서였다.

나는 가게에 도착하자 계단을 올라갔다. 피에로트 아저씨가 딸과 트리부 부인과 함께 식탁에 앉아 식사를 하고 있었다. 다행히 부르주아 소녀는 있었지만 검은 눈동자는 보이지 않았다. 나는 피에로트 양 옆에 앉았다. 그날따라 피에로트 양은 무척 얌전했다. 귀 약간 위쪽 머리에 작은 붉은 장미 한 송이를 꽂고 있었다. 오, 얼마나 붉었는지! 붉은 장미 한 송이에는 무슨 마법의 힘이라도 있는 것 같았다. 이 속물 같은 아가씨를 그렇게 예쁘게 변신시키다니!

피에로트 아저씨가 반갑게 큰 소리로 웃으며 나를 맞았다.

"어이쿠, 이게 누군가? 다니엘 선생 아니야? 우리를 보러 오지 않겠다고 했다더니, 이제 생각이 바뀌신 건가?"

나는 용서를 구하며 시를 쓰느라 바빴다고 핑계를 댔다.

커피를 마신 후 아저씨는 가게에 일을 보러 나갔고 트리부 부인은 요리사와 카드놀이를 하기 위해 자리를 떴다. 모두 떠나고 붉은 장미와 단둘이 있게 되자 나는 드디어 때가 왔다고 생각하고 자크 형 이름을 말하려고 했다. 하지만 그녀는 내가 말할 틈을 주지 않고 먼저 입을 열었다.

"정말, 왜 오지 않으신 거예요?"

그녀의 뺨이 빨갛게 달아올라 있었고 블라우스 앞의 장식이 빠르게 흔들리는 것으로 봐서 매우 흥분해 있는 것 같았다. 그녀는 내리뜨고 있던 눈을 들어 나를 가만히 바라보았다. 아니다. 나를 바라본 것은 그녀가 아니었다. 오, 눈물에 젖은 검은 눈동자! 나를 힐난하는 검은 눈동자! 아, 사랑하는 검은 눈동자! 내 영혼에 기쁨을 가져다주는 검은 눈동자!

그러나 그것은 일시적 환영에 불과했다. 그 긴 속눈썹은 즉시 아래로 떨어졌고 검은 눈동자도 사라졌다. 내 옆에 있는 것은 피에로트 양이었다. 나는 또다시 검은 눈동자의 환영이 나타나기 전에 서둘러 자크 형 이야기를 꺼냈다. 내가 자크 형이 얼마나 성실하고 착하며, 헌신적인지 말했고, 내게는 진짜 어머니와 같다고 말했다.

그러자 그녀가 감동한 듯 뺨 위로 눈물이 흘러내렸다. 나는 순진하게도 그녀가 형에게 감동해서 눈물을 흘린다고 생각했다. 나는 일이 잘 되어간다고 생각하고 형의 사랑과 슬픔에 대해 이야기했다. 아! 그런 사람의 사랑을 받는다면 얼마나 행복할 것인가, 라고 읊조리기도 했다.

바로 그때였다. 피에로트 양의 머리에 꽂혀 있던 장미가 스르르 미끄러져 내 발밑으로 떨어졌다. 나는 그 장미를 집어 들고 재빨리 말했다.

"당신이 자크 형에게 주는 선물이라고 생각하겠습니다."

그러자 그녀가 한숨을 내쉬며 말했다.

"좋으실 대로……."

순간 검은 눈동자가 다시 나타났다. 그 다정한 눈은 이런 말을 내게 건네고 있었다.

'아니에요. 그 사람이 아니라 바로 당신에게 드리는 거예요.'

나는 그 붉은 장미를 가슴에 꽂고 집으로 돌아왔다.

그날 저녁 나는 낮에 거기 갔었다는 이야기를 형에게 하지 않았다. 형이 돌아왔을 때 나는 책상에 앉아 시를 쓰고 있었다. 그런데 형이 붉은 장미를 발견했다. 아마 옷을 벗을 때 부주의해서 땅바닥에 떨어져 있었던 것 같다. 자크 형은 장미를 보자 천천히 집어 들었다. 내 얼굴과 장미 중 어느 것이 더 붉었는지 모르겠다.

형이 말했다.

"난 이 장미를 분명히 알고 있어. 거기 거실 창가에 놓인 장미야. 나한테는 단 한 번도 주지 않았어."

형이 얼마나 슬픈 어조로 말했는지 내 눈에는 눈물이 고였다.

"형, 정말 맹세하지만, 오늘 저녁때까지만 해도……."

자크 형이 부드럽게 내 말을 막았다.

"다니엘, 변명할 필요 없어. 일어나야 할 일이 일어난 것뿐이야. 난 이전부터 알고 있었어. 그녀가 너를 보면 더 이상 나를 원치 않게 되리라는 것을. 내가 너를 오랫동안 거기 데려가지 않은 건 그 때문이야. 그러다 어느 날 한 번쯤 시험해보고 싶어졌어. 그래서 널 거기 데려갔던 거지. 다니엘, 바로 그날 난 단번에 깨달았어. 모든 게 끝났다는 것을……. 5분도 채 되지 않아 그녀는 그 어느 누구에게도 던져보지 않던 눈길로 너를 쳐다보고 있었어. 너도 뭔가 눈치 챘을 거야. 네가 한 달 동안 거기 가지 않은 게 그 증거야. 이제 모든 게 끝났어. 나도 마음이 편해."

붉은 장미 사건 이후로도 형은 조금도 변하지 않았다. 형이 고통스러워하는 건 알 수 있었지만 전혀 내색하지 않았다. 예전처럼 일요일에는 거기에 갔고, 누구에게나 상냥했으며, 내게는 여전히 어머니처럼 대했다. 달라진 것은 넥타이 매듭뿐이었다. 변함없이 몸이 부서져라, 열심히 그리고 당당하게 일했고, 오직 집안을 되살리겠다는 일념으로 용기 있게 생활 전선에 뛰어들었다. 오, 자크 형! 나의 자크 형!

그렇게 나의 검은 눈동자를 양심의 가책 없이 자유롭게 사랑하게 된 그날부터 나는 피에로트 아저씨 집에서 살다시피 했다. 나는 거의 모든 사람들의 마음을 사로잡았다. 나는 내가 스스로에게 붙인 별명처럼 '마음에 들기를 원하는 남자'였고 그 목적을 이루기 위해 온갖 봉사를 다했다. 예컨대 앞이 안 보이는 랄루에트 씨에게 사탕을 가져다주고, 트라부 부인의 카드놀이 상대도 돼 주었다. 나는 주로 한낮에 거기로 갔고 그녀와 단둘이 지낼 수 있었다. 트라부 부인은 내가 나타나기만 하면 짐을 덜었다고 생각하고 요리사 여인과 카드놀이를 했던 것이다.

오, 그 담홍색의 응접실에서 나는 얼마나 행복했던가! 나는 거의 매일 내가 좋아하는 시인들의 시집을 들고 가서 검은 눈동자에게 읽어주곤 했다. 검은 눈동자는 시를 들으면서 때로는 뺨 위를 눈물로 적시기도 했고, 때로는 그 눈동자가 영롱하게 반짝이기도 했다. 그사이에 또 다른 그녀, 피에로트 양은 우리 곁에 앉아 아버지 덧신에 수를 놓기도 하고, 늘 똑같은 「로젤린의 명상곡」을 치기도 했다. 분명히 말해두지만 우리는 그녀를 내쫓지 않았다. 그녀가 내 시 낭송이 절정에 달했을 때 느닷없이 "이런 덧신에 수를 두 땀 더 놓았네"라는 식의 엉뚱한 소리로 우리의 흥을 깨긴 했지만, 둘의 나이를 합쳐야 서른넷 밖에 안 되는 젊은 화약고들이 엉뚱한 짓을 못하게 감시해주는 것도 그녀였던 것이다.

그날 나는 괴테의 『파우스트』를 검은 눈동자, 그녀에게 읽어주고 있었다. 낭송이 끝나고 책이 내 손에서 스르르 미끄러져 내려갔다. 우리는 어슴푸레한 빛 속에서 잠깐 동안 말없이 서로를 바라보고 있었다. 그녀가 내 어깨에 머리를 기댔다. 블라우스 앞섶이 살짝 벌어졌고 저 깊숙한 곳에서 은 목걸이가 빛나고 있는 것이 보였다. 그 순간, 갑자기 피에로트 양이 끼어들었다. 그녀는 나를 즉시 소파 끝으로 밀어내더니 일장 훈계를 시작했다.

"철없는 사람들 같으니! 그런 못된 짓을 하다니!"

그날 이후로 검은 눈동자는 '마음에 들기를 원하는 남자'와 소파에 나란히 앉을 수 없었다. 엄격한 피에로트 양이 금했기 때문이었다. 그렇다. 그녀는 어렸지만 엄격했다. 처음에는 검은 눈동자가 내게 편지를 쓰는 것도 허용하지 않았다. 결국 동의를 했지만 그 편지는 검은 눈동자가 쓴 것이긴 해도 모두 피에로트 양의 검열을 받아 수정된 것들이었다. 그래서 그 편지에는 이런 식의 구절이 들어가곤 했다.

오늘 아침 나는 정말 슬퍼요. 옷장에서 거미를 봤거든요. 아침 거미는 슬픔을 의미한대요.

혹은 이런 구절.

복숭아씨만으로는 살림을 차리지 못해요.

그리고 어느 편지에나 이런 구절이 후렴으로 붙었다.

당신 계획을 아버지께 이야기해야 해요.

나는 언제나 '내 시를 끝내고 나면……'이라고 답장을 보냈다.

제11장 드디어 시를 완성하다

마침내 나는 대망의 시를 끝냈다. 꼬박 4개월이 걸렸다. 그것
은 정말로 큰 사건이었다. 마지막 몇 행을 마무리 지을 때 너무
기쁘고 흥분해서 손이 떨려 도저히 펜을 잡을 수 없을 정도였다.

형은 멋진 노트를 만들어 내 시를 일일이 베껴 썼다. 형이 얼
마나 감탄하고 흥분했는지 시를 베끼면서 발을 동동 구르기도
했다. 하지만 나는 내 시에 대해 형만큼 확신이 없었다. 누군가
객관적으로 평가해줄 만한 사람에게 보이고 싶었지만 내 주위
에는 그런 사람이 없었다.

그러자 형이 묘안을 짜냈다.

"다니엘, 시를 일요일에 피에로트 아저씨 댁에서 낭송하는
게 어때?"

"피에로트 아저씨 댁에서? 형도 참······. 거기 사람들이 시를 어떻게 알아?"

"그게 어때서? 아저씨는 아주 객관적인 사람이야. 아주 정확한 판단력을 갖고 있어. 카미유도 정확한 심사위원이 될 수 있을 거야. 트리부 부인은 책을 많이 읽은 사람이고 랄루에트 영감도 겉모습처럼 꽉 막힌 사람은 아니야. 피에로트 아저씨가 아는 사람이 많으니까 다른 사람들을 초대할 수도 있고. 어때?"

정말 내키지 않는 일이었지만 사람들 앞에서 시를 낭송해보고 싶은 생각이 너무나 간절했기에 나는 마지못해 형의 제안을 받아들였다.

드디어 일요일에 피에로트 아저씨네 집 응접실에서 시 낭송회가 열렸다. 아저씨는 내 명예를 위해서 도자기 업계에서는 가장 명성이 높은 사람들을 초대했다. 그들은 모두 재판관들처럼 심각한 표정을 하고 앉아 있었다. 이윽고 초대한 사람들이 다 모이자 다들 자리를 잡고 앉았다. 나는 피아노를 등지고 앉았고 청중들은 내 주위에 반원을 그리고 앉았다. 오직 랄루에트 영감만이 늘 앉던 자리에 앉아 사탕을 먹고 있었다. 나는 떨리는 목소리로 시를 읽기 시작했다. 「전원극」이라는 거창한 제목이 붙은 극시(劇詩)였다. 사를랑드 시절 꼬맹이는 재미 삼아

귀뚜라미나 나비, 혹은 그밖에 작은 동물들이 등장하는 환상적인 이야기를 지어 아이들에게 들려주곤 했다. 그 얘기들 중 세 개를 골라 운을 맞추어 극시로 만든 것이었다. 나는 세 부분의 극시 중 첫 부분만 낭송했다. 그날 낭송한 「전원극」의 주인공은 '푸른 나비'였다.

그날 읽었던 부분을 여기서 소개하는 일은 하지 않기로 하자. 독자 여러분을 사를랑드의 학생들 정도로 취급하는 것은 예의에 벗어나는 일이 아니겠는가!

내가 「전원극」 마지막 행 읽기를 마치자 자크 형은 "브라보!"를 외치며 자리에서 벌떡 일어나려고 했다. 그러나 사람들의 표정을 보고 그는 그대로 자리에 앉았다. 모두들 내 나비 이야기에 놀라 눈을 동그랗게 뜨고 있었다. 모두들 입을 열지 않았다. 그때 마치 유령처럼 차가운 목소리가 내 등 뒤에서 들렸다.

"그 나비가 죽은 건 잘 된 일이야. 나는 나비들이 싫어."

랄루에트 영감이 입을 연 것이었다. 사람들은 그의 말에 웃음을 터뜨렸고 모두 내 시에 대해 한두 마디씩 하기 시작했다. 내 시가 너무 기니, 짧게 줄이는 게 좋겠다고 말한 사람도 있었고, 무당벌레에 날개가 없다는 점에서 사실성이 결여되어 있다고 지적한 사람도 있었다. 누군가 그 시를 어디선가 읽은 적이 있다고 속삭이는 사람도 있었다. 피에로트 아저씨는 뭔가 다른 곳에 정신이 팔린 듯, 딸의 손만 꼭 쥐고 아무 말이 없었다. 어쨌든 그날 아저씨는 평상시와는 사뭇 다른 표정이었다. 나는 약간 당황했다. 그 모습을 보고 형이 내 귀에 대고 속삭였다.

"저 사람들 말 신경 쓰지 마. 어쨌든 네 시는 걸작이니까."

그 기념할 만한 시낭송회가 있은 지 이틀 후 피에로트 양으로부터 짧으면서도 감동적인 편지를 한 통 받았다.

빨리 오세요. 아버지가 모든 것을 알고 계세요.

나의 사랑하는 검은 눈동자는 맨 아래에 '사랑해요'라고 적어 놓았다.

그녀로부터 그토록 중요한 편지를 받고 나는 꽤나 당혹스러웠다. 나는 이틀 전부터 원고를 들고 출판사를 찾아다니느라 그녀보다 내 시에 더 신경을 쓰고 있었던 것이다. 더욱이 피에로트 아저씨에게 우리 둘의 관계를 설명하는 일이 너무 어려운 일로 여겨졌다. 결국 나는 그녀의 다급한 호출에도 불구하고 거기에 얼마 동안 가지 않았다. 마음속으로는 '원고가 팔리면 가야지'라는 핑계를 마련해놓고 있었다.

하지만 내 시는 팔리지 않았다. 출판사에 찾아가도 편집자나 출판업자들은 뭐가 그렇게 바쁜지 대개 출타 중이라 아예 만날 수도 없었다. 대부분의 경우 아마 안에 있으면서 일부러 피한 것일지도 몰랐다. 무명 시인에게 시달릴 시간이 없겠지!

그렇게 일주일이 지나 일요일이 되었다. 자크 형 혼자 피에로트 아저씨 집에 갔다 와서 내게 말했다.

"너 정말 잘못하는 거야. 온 식구들이 너를 보고 싶어 해. 카미유가 울면서 얼마나 슬퍼하는지……. 야, 그녀는 너를 정말 사랑하고 있어."

다음 날 나는 형의 말대로 소풍가에 갔다. 마음 같아서는 피에로트 아저씨를 피해 곧바로 검은 눈동자를 만나 이야기를 나누고 싶었다. 하지만 아저씨가 문간에서 기다리고 있어서 피할 수 없었다. 그는 평소와 달리 확신에 찬 어조로 내게 말했다.

"다니엘, 내가 알고 싶은 건 간단해. 이리저리 돌려 말하지 않겠네. 이제 말할 때가 되었어. 내 딸 아이가 자네를 사랑하고 있네. 자네도 진정으로 그 애를 사랑하는가?"

"제 영혼을 다해 사랑합니다, 피에로트 아저씨."

"그렇다면 됐어. 내가 자네에게 제안 하나 하겠네. 내 딸아이가 아직 어리니 3년 정도는 있어야 결혼할 수 있어. 자네가 자리를 잡기 위해 3년 정도의 여유가 있다는 말이지. 자네가 평생 그 시의 '푸른 나비' 장사를 할 생각인지는 나도 모르겠어. 내가 자네라면 일단 랄루에트 상점에 들어와서 도자기 장사 일을 배울 거야. 그리고 3년 후에 내 동업자 겸 사위가 되는 거지. 자네 생각은 어떤가?"

아저씨는 내 팔꿈치를 치면서 즐겁게 웃었다.

세상에! 정말 기가 막혔다! 이 가엾은 양반은 자기와 함께 도자기 장사를 하자는 자신의 제안에 내가 기뻐하리라고 생각하고 있었던 것이다! 나는 화가 나기는커녕 대답할 기운조차 없었다.

가게의 온갖 그릇과 인형들이 나를 향해 일제히 '너는 도자기나 팔아라!'라고 외치고 있는 것 같았다. 내가 대답이 없자 아저씨는 내가 감동해서 말을 못한다고 생각한 모양이었다.

"그 이야긴 좀 있다가 저녁 먹은 후 다시 하기로 하고 일단 위로 올라가 내 딸아이를 만나보게. 우리 이야기가 어떻게 되었는지 애타게 기다리고 있을 거야."

위층으로 올라가보니 피에로트 양은 응접실에서 트리부 부인과 함께 수를 놓고 있었다. 아, 사랑하는 카미유여, 제발 나를 용서해주길! 그날처럼 그녀가 확실하게 피에로트 양처럼 보인 적은 없었다. 꼼꼼하게 수를 놓는 그녀의 침착한 모습에 그토록 짜증이 난 적이 없었다. 조그마한 손, 발갛게 달아오른 뺨, 얌전한 태도, 그 모든 것이 좀 전에 도자기 인형과 그릇들처럼 내게 '너는 도자기나 팔아라'라고 말하고 있는 것 같았다. 다행히 검은 눈동자의 그녀도 거기에 있었다. 그녀는 잠시 우수에 잠긴 듯 나를 보더니 기뻐했다. 하지만 그 감동은 오래 가지 않았다. 피에로트 아저씨가 곧바로 뒤따라 올라온 것이다. 그러자 검은 눈동자의 그녀는 어디론가 사라져버렸고 도자기 인형 같은 피에로트 양만 남았다.

저녁 식사가 끝나자 피에로트 아저씨는 다시 한 번 자신의 제안을 내게 상기시켰다. 나는 침착한 어조로 깊이 생각해보고 한 달 후에 대답해드리겠다고 했다. 아저씨는 내가 선뜻 받아들이지 않은 것에 놀란 듯했지만, 더 이상 길게 이야기하지는 않았다.

집으로 돌아온 나는 피에로트 아저씨가 한 말을 자크 형에게 해주었다. 그러자 착한 자크 형이 나보다 더 화를 냈다. 그는 얼굴을 붉히며 말했다.

"도자기 장사 다니엘 에세트! 어디 그 꼴 한번 봤으면 좋겠네! 세상에! 라마르틴 보고 성냥을 팔라고 하지! 그 불쌍한 양반이 몰라서 그래. 네 책이 성공을 거두고 네 이름이 신문에 대문짝만하게 실리면 그 양반 생각도 달라질 거야."

"형, 신문에 나려면 우선 책을 출판해야 할 거 아니야? 그런데 아예 출판업자가 만나주지도 않아."

"그래? 그렇다면 방법이 있지! 우리 자비로 출판하자."

자크 형이 탁자를 내리치며 말했다.

"자비로? 돈이 얼마나 많이 드는데……."

"할 수 있어. 마침 후작이 자기 자서전 중 첫 권을 인쇄하고 있어서 내가 출판업자를 매일 만나. 외상으로 인쇄해줄 거야. 돈이야, 책이 팔린 다음에 갚으면 되는 거야. 내가 내일 만나서 이야기해야지."

다음 날 인쇄업자를 만나고 돌아온 형은 의기양양하게 말했다.

"정말 잘됐어. 내일부터 인쇄에 들어갈 거야. 다 합쳐서 900프랑이면 된대. 3개월마다 돌아오는 300프랑짜리 어음 세 장을 쓰면 돼. 내 얘기 잘 들어봐. 책은 한 권에 3프랑씩 팔자. 1,000부를 찍을 거니까 다 팔리면 우리 손에 3,000프랑이 들어오는 거야. 서점에 1프랑씩 마진을 주면 우리에게 1,100프랑은 남을 거야. 어때, 이만하면 할 만하잖아."

이날 생제르맹 종루 옆 다락방에는 온갖 기대와 환희가 넘치고 있었다. 우리는 얼마나 많은 꿈, 얼마나 많은 계획에 대해 이야기를 나누었던가! 그로부터 며칠 동안은 정말 한 모금, 한 모금씩 맛보는 감미로운 나날들이었다. 인쇄소를 찾아가고, 교정을 보고, 표지 디자인을 논의하고, 제본소에 왔다 갔다 하고……. 마침내 완성된 책! 떨리는 손으로 그 책을 펼칠 때의 기쁨!

당연히 「전원극」을 제일 먼저 기증할 상대는 카미유였다. 자크 형과 나는 의기양양해서 소몽가를 찾아갔다. 내가 그녀에게 책을 건네자 그녀는 표지 위의 내 이름을 눈을 반짝반짝 빛내며 바라보았다. 나를 사로잡는 귀여운 눈길이었다. 피에로트 아저씨는 별로 감격해하지 않았다. 그는 자크 형에게 이런 책을 내면 얼마를 버느냐고 물어보았다. 자크 형이 자신 있게 대답했다.

"1,100프랑이오!"

두 사람은 작은 목소리로 무언가 이야기를 나누었다. 하지만 내 귀에는 단 한 마디도 들어오지 않았다. 나는 검은 눈동자의 그녀가 책장들 위로 비단결같이 고운 긴 속눈썹이 달린 눈을 내리떴다가 고개를 들어, 내게 존경의 눈길을 보내는 것을 즐기느라 정신이 없었다. 나의 책! 검은 눈동자의 그녀! 오로지 자크 형 덕분에 얻은 행복이었다.

그렇게 행복에 젖어 있던 다음 날이었다. 대낮에 자크 형이 헐레벌떡 집으로 돌아와 내게 말했다.

"중요한 일이 생겼어. 오늘 7시에 후작과 함께 니스로 출발해야 해. 거기 있는 후작의 여동생이 위독하대. 아마 꽤 오래 머물게 될지도 몰라. 생활비는 걱정 안 해도 돼. 후작이 월급을 두 배로 올려주었거든. 네게 매달 100프랑씩 보내줄게. 나는 이제 피에로트 아저씨께 알리러 가야 해. 인쇄업자에게도 가봐야지. 네 책을 신문사에 보내라고 해야겠어. 5시까지 돌아올게."

나는 갑자기 한 대 맞은 기분이었다. 형이 없는 파리에서 나 혼자 어떻게 지낸단 말인가! 내가 어떻게 모든 일을 처리할 수 있단 말인가! 막막하기만 했다.

약속 시간에 돌아온 형은 내게 하나부터 열까지 세심하게 이 것저것 일러주었다. 역으로 가는 마차 안에서 형은 마지막으로 충고했다.

"편지 자주 써. 네 책에 관한 기사가 나오면 모두 오려서 보내고. 하지만 성공에 눈이 어두워서는 안 돼. 네가 큰 성공을 거둘 건 틀림없지만 그건 위험하기도 해. 특히 파리에서는…….

다행히 카미유가 있으니 너를 유혹에서 지켜줄 거야. 다니엘, 거기 자주 가야 해. 절대로 카미유를 울리면 안 돼."

형은 그렇게 내 곁을 떠났다. 나는 한층 더 어린애가 된 것 같은 기분이었다. 마치 멀리 떠난 형이 내 힘과 용기의 절반을, 아니 나 자신의 절반을 송두리째 가지고 가버린 기분이었다. 갑자기 주위의 사람들이 다시 두려워졌다. 나는 다시 꼬맹이가 된 것이었다.

밤이 다가오고 있었다. 나는 천천히 강변을 산책하며 우리의 종루, 이제는 나 혼자만의 외로운 종루로 돌아왔다. 입구에 들어서는데 수위가 나를 향해 소리쳤다.

"에세트 씨, 여기 편지가 있습니다."

은은한 향기가 풍기는 작은 편지 봉투였다. 검은 눈동자의 글씨체는 아니었다. 그녀의 글씨체보다 더 가는 것으로 보아 여인의 글씨가 분명했다. 도대체 누굴까? 나는 봉투를 뜯어 계단 가스등 아래서 편지를 읽기 시작했다.

이웃 친구에게

「전원극」이 어제부터 제 책상 위에 있답니다. 하지만 저자의 헌사가 없어 유감이군요. 오늘 저녁 제 방에 오셔서

차나 한 잔 드시면서 헌사를 써주시지 않으시겠어요? 예
술가끼리의 만남이랍니다.

2층에 사는 여인 이르마 보렐

2층의 여인이라니! 그러고 보니 어렴풋이 생각났다. 어느 날
아침인가 벨벳 옷을 휘감은 채 층계를 걸어 내려오던 그녀! 아
름다우면서 차갑고 위엄이 있어 보이던 그녀! 그런 여인이 내
책을 사다니! 나는 자부심으로 가슴이 두근거렸고 기쁨에 소름
까지 돋았다.

꼬맹이는 바로 방으로 갈 것인지 2층에 들렀다 갈 것인지 한
참을 망설였다. 순간 갑자기 자크 형의 충고가 떠올랐다.

'다니엘, 절대로 카미유를 울려선 안 돼.'

2층으로 가면 검은 눈동자의 그녀가 울 것이고 자크가 슬
퍼하리라는 예감이 들었다. 꼬맹이는 주머니에 편지를 넣으며
"가지 않겠어!"라고 단호하게 혼잣말을 했다.

제12장 탈선

하지만 결심은 결심으로 그치고 말았다. 나는 5분 후 이르마 보렐의 집 초인종을 누르고 있었다. 뚱뚱한 몸집의 흑인 여자가 문을 열어주었다. 흑인 하녀는 나를 안으로 안내했다.

방 안은 화려했다. 엷은 보라색 비단이 빙 둘러쳐져 있었고 불빛이 환하게 비치고 있는 가운데 이르마 보렐은 큰 걸음으로 방 안을 서성이고 있었다. 대사를 외우고 있는 중이었다. 어깨까지 걷어 올린 실내복 소매 사이로 눈처럼 하얀 팔이 드러나 있었다. 나는 그만 넋을 잃고 그 자리에 멈춰 섰다. 그렇게 아름다운 여인은 본 적이 없었다. 청초한 장밋빛을 띤 얼굴은 그대로 한 송이 꽃이었다. 그렇다. 윤기가 흐르는 금발 머리카락에 둘러싸여 있는 얼굴은 금빛 안개 속에 피어오른 꽃송이 그대로

였다.

그녀는 읽고 있던 책을 의자 뒤로 던져버리더니 우아한 동작으로 실내복 소매를 내린 후 상냥한 미소를 지으며 내게 말했다.

"어머, 부끄러운 모습을 들켜버렸네요. 클리템네스트라 역을 연습하고 있었어요. 아주 비통한 여인이지요."

"연극계에 몸담고 계신 모양이지요?"

"아, 예, 일종의 환상 같은 거지요. 전에는 조각과 음악에 더 관심이 많았는데……. 이번에는 연극에 아주 푹 빠졌어요. 코미디 프랑세즈에서 데뷔하게 될 거예요."

순간 커다란 새 한 마리가 후드득 날개를 퍼덕이며 내 곱슬머리 위에 앉았다. 겁에 질린 내 모습을 보고 그녀가 웃으며 말했다.

"겁낼 것 없어요. 내가 기르는 앵무새예요. 마르퀴세스 제도에 갔을 때 가져온 거예요."

그 여자는 새를 안아 쓰다듬으며 스페인어 몇 마디를 새에게 늘어놓더니 다시 횃대 위에 올려놓았다. 꼬맹이는 눈을 휘둥그레 떴다. 흑인 하녀에, 앵무새, 그리고 코미디 프랑세즈에 마르퀴세스 제도까지…….

그 여자는 꼬맹이 옆에 와서 앉더니 그에게 「전원극」에 대해 이야기하기 시작했다. 어제부터 그 작품을 읽고 또 읽었다는 것이었다. 거의 대부분의 구절들을 벌써 외우고 있었으며 꼬맹이 앞에서 낭송하기까지 했다. 꼬맹이의 허영심이 그렇게까지 채워진 적은 이제껏 없었다. 그 여자는 그의 나이와 고향 등에 대해 질문했고, 솔직하고 순진한 꼬맹이는 거의 모든 것을 다 이야기해주었다. 단 한 가지, 피에로트 양 이야기는 뺐다. 단지 훌륭한 가문의 한 아가씨가 자기를 무척 사랑하지만 그녀의 무정한 아버지가(오, 불쌍한 피에로트 아저씨! 정말 죄송해요!) 두 사람 사이를 방해하고 있다고만 말했다.

그날 밤 꼬맹이의 꿈속에는 밤새 백설처럼 하얀 그녀의 팔, 황금빛에 둘러싸인 꽃 같은 얼굴이 내내 나타났다. 아침에 일어나 책상에 앉았을 때도 다시 마법의 흰 팔이 나타나 그의 소매를 잡아당겼다. 더 이상 시도 쓸 수 없었고 외출하기도 싫었다. 꼬맹이는 자크 형에게 편지를 쓰기 시작했다.

> 형, 이르마 보렐은 정말 굉장한 여자야. 모르는 게 없는데 다 소나타를 짓고 그림도 그려. 세 달 전부터 연기를 하고 있는데 얼마나 잘하는지 몰라. 마르퀴세스 제도에서 데려온 앵무새도 있고 포토프랭스를 지날 때 데려온 흑

인 하녀도 있어. 사람들이 모두 그녀에게 빠져 있어.
그녀는 정말 아름다워. 뭔가 남들과 다른 게 있어. 솔직히
내가 그녀를 사랑하고 있는지도 몰라. 다행히 검은 눈동
자가 나를 지켜주고 있지만⋯⋯. 아, 사랑스런 검은 눈동
자! 오늘 저녁에 거기 갈 거야. 아마 저녁 내내 형 이야기
를 하겠지.

　그날 밤 나는 소풍가에 갔다. 하지만 기분이 그렇게 좋지 않
았다. 피에로트 씨는 너무 크게 웃어댔고 피에로트 양의 머리칼
은 품위 없는 갈색으로만 보였다. 검은 눈동자가 신비스러운 언
어로 '나를 사랑해줘요'라고 속삭여도 아무 소용없었다. 제정신
이 아닌 내게 그 눈동자가 속삭이는 말이 들릴 리가 없었다.
　며칠이 지났다. 이르마 보렐에게서는 아무런 기별도 없었다.
나는 매일 밤 마차가 멈추는 소리에 귀를 기울이며 당장에라도
그녀의 하녀가 내 방문을 두드리고 그녀가 기다린다는 말을 전
해줄까봐 가슴을 졸였다. 그러는 사이 니스에서 형으로부터 편
지가 도착했다.

　다니엘, 여기는 참 아름다운 곳이야. 네가 창문 아래 펼쳐

져 있는 바다를 보면 영감을 받을 텐데. 후작은 하루 종일 받아쓰기를 시켜. 정말 지독한 사람이야. 후작의 여동생인 다크빌 부인은 위독해. 위층에서 계속 기침 소리가 들려. 나도 여기 오자마자 감기에 걸렸는데 도무지 나을 기색이 보이지 않아. 곧 괜찮아지겠지.

네가 2층 여인 이야기를 썼지? 다시는 그 여자 집에 가지 마. 네가 감당하기엔 복잡한 여인이야. 이런 말하기 뭐하지만 바람기 있는 여자 같아. 여러 나라를 많이 다닌 여자라고? 그런 여자라면 대개 남들에게 무슨 짓이든 할 사람이야. 조심해, 다니엘. 정말 조심해. 간절히 부탁하는데, 검은 눈동자를 울게 만들면 안 돼.

이 마지막 말이 꼬맹이의 가슴을 울렸다. 자기를 거부했던 여자의 행복을 이토록 간절히 빌고 있다니! 꼬맹이는 절대로 다시는 2층에 가지 않겠다고 굳게 다짐했다.

곧 폭풍이 불 것같이 음산하고 사나운 9월의 밤이었다. 꼬맹이는 문을 반쯤 열어놓은 채 시를 쓰고 있었다. 그때 갑자기 그의 방으로 향하는 계단이 삐걱거리는 소리가 들렸다. 곧이어 드레스 자락 스치는 소리가 들렸다. 문이 열리고 누군가 안으로 들어왔다.

꼬맹이는 뒤도 돌아보지 않고 떨리는 목소리로 물었다.

"누구세요?"

자크 형이 니스로 떠난 지 벌써 두 달이 흘렀다. 그는 아직 돌아오지 않았다. 안타깝게도 다크빌 부인은 세상을 떠났다. 후작은 상중임에도 형을 데리고 이탈리아 로마, 나폴리, 피사, 팔로마 등 이곳저곳 돌아다녔다. 일이 바빠 형은 간단한 안부 편지만 내게 보내오곤 했다.

'시는 잘 나가고 있어? 검은 눈동자는 잘 지내? 책 서평은 나왔어? 이르마 보렐 집에는 가지 않았겠지?'

언제나 변함없는 그 질문에 꼬맹이는, 열심히 시를 쓰고 있으며, 책은 잘 팔리고 있고, 검은 눈동자도 잘 지내고 있고 이르마 보렐은 다시 보지 못했다고 썼다. 하지만 모두 사실이 아니었다. 어느 날 밤 꼬맹이는 열기와 흥분에 사로잡혀 형에게 편지를 썼고, 거기에 모든 것이 밝혀져 있었다.

일요일 밤 10시

형, 난 형에게 거짓말을 했어. 두 달 동안 거짓말만 한 거야. 열심히 시를 쓰고 있다고 했지? 사실은 두 달 전부터 잉크병은 말라버렸어. 책은 딱 한 권 팔렸을 뿐이야. 이르마 보렐을 안 만난다고 했지? 검은 눈동자는 잘 지내느냐고? 아아! 아, 자크 형. 왜 내가 형의 말을 듣지 않았을까? 왜 다시 그 여자 집으로 갔을까?

형 말이 맞았어. 그 여자는 바람둥이야. 단지 그것뿐이야. 머리도 비었고 인정머리라곤 없어. 교활하고 냉소적이고 심술궂은 여자야. 게다가 연극에 자질도 없어. 어느 극장에서도 받아주지 않을 게 뻔해. 사생활에서만은 아주 뛰어난 연기자인 셈이지.

자크 형, 나 같은 사람이 어떻게 그런 여자의 발톱에 걸려들었는지 정말 모르겠어. 하지만 형에게 맹세할 수 있어. 이제 나는 그 여자에게서 벗어났고, 모든 게 끝났어. 정말 다 끝났어. 나는 정말 그 여자에게 모든 걸 다 주고 다 이야기해주었어. 하지만 난 아직 그 여자에 대해 아무것도 몰라. 하나도 이야기해주지 않고 모든 걸 다 감추었어.

우리 관계가 처음 시작되었을 때, 그녀는 아마 어린 천재, 다락방의 대시인을 제 손안에 넣었다고 생각했나봐. 하지만 얼마 후 내가 별 볼 일 없는 놈이란 걸 알았지. 하지만 그녀는 나를 놓아주지 않았어. 내 얼굴 때문이었나 봐. 형, 그 여자는 내가 정말 특징 있는 얼굴을 가졌다고 자주 말하곤 했거든.

형, 창문을 열고 바깥 공기를 좀 마셔야겠어. 너무 숨이 막혀. 아, 전에는 그토록 사랑스럽던 이 다락방이 왜 이렇게 답답하게 느껴지는 걸까?

그녀는 내가 있건 없건 내 방에 마음대로 들어와 내 물건들을 뒤지기 시작했어. 그리고 나와 검은 눈동자의 관계를 알게 된 거야. 그녀가 내 앞에서 검은 눈동자를 놀려서 대판 싸우기도 했어. 무슨 훌륭한 가문 아가씨라더니, 겨우 도자기 장사 딸인 주제에! 라고 빈정거리는 바람에 참을 수가 없었어. 바로 오늘 아침의 일이야.

자, 이제 우리의 비참한 사랑이 어떻게 끝났는지 말해줄게. 그 여자는 곱사등이 선생에게 연기를 배우고 있었어. 그런데 그 선생이 이제 배울 만큼 다 배웠다고 데뷔를 시켜준다는 거였어. 그 여자는 뛸 듯이 기뻐했지. 하지만 마땅한 극장을 구할 수 없었기에 그 여자의 집에 자주 오는 어느 화가의 아틀리에를 극장으로 만들어 공연하기로 했어. 작품은 라신의 〈아탈리〉로 정하고 선생이 가르치는 학생들이 배우로 출연하기로 했어. 모두들 열심히 연습했어. 연습은 이르마 보렐의 집에서 했어. 아틀리에를 무대로 꾸미고, 의상 준비도 하고 초대장도 돌리는 등 모든 것이 순조롭게 진행되고 있었어. 나는 물론 그 연습을 구경했지.

그런데 형, 부끄러운 이야기를 해야겠어. 내가 그 연극에 끼어들게 된 거야. 공연을 3~4일 앞둔 어느 날, 어린 엘리아생 역을 맡은 곱사등이 선생 조카가 그만 병에 걸린 거야. 어디서 갑자기 어린 엘리아생을 구할 수 있겠어? 3일 만에 대본을 다 외우고 역을 소화할 아이를 어떻게 구할 수 있겠어? 모두들 난감해하는데 이르마 보렐이 나를 갑자기 쳐다보며 말했어.

"그래, 당신이 맡으면 될 거야. 당신 얼굴은 그 역과 딱 알맞아요. 당신은 어려 보이잖아. 분장을 하면 누구나 당신을 열두 살 먹은 아이로 볼 거야."

내가 아무리 사양해도 소용없었어. 게다가 난 어떻게 해서라도 그 여자 마음에 들려고 애쓰고 있었으니……. 결국 그 역을 맡았어.

우리는 공연을 했어. 초대받은 유명 감독들 중, 변두리 극장 감독 한 사람 외에는 아무도 오지 않았어. 하지만 온 사람들은 박수갈채를 날려주었으니 어쨌든 성공한 셈이라고 할 수는 있어.

그 공연은 3일 전에 있었어. 그 여자는 너무나 쾌활하고 부드럽고 다정해졌지. 정말 매력적이었어. 형에 대한 안부까지 물을 정도였어.

그런데 오늘 아침 갑자기 그녀가 내 방으로 들어왔어. 전과 달리 아주 심각한 표정이었어.

그녀가 숙연한 표정으로 내게 말했어.

"이봐요. 나는 이제까지 당신을 속이고 있었어요. 우리가 처음 만났을 때부터 나는 자유로운 몸이 아니었어요. 이미 다른 남자가 있었지요. 내가 이렇게 사치를 누릴 수 있는 건 다 그 남자 덕분이었어요. 하지만 당신을 만나고부터 그 사람과의 관계가 역겨워졌어요. 하지만 그 남자가 해주는 것들 때문에 쉽게 청산하지 못하고 있었던 거예요. 그런 편한 생활을 포기할 수 없었어요. 나는 그런 생활에 딱 맞게 태어났거든요. 하지만 매일 당신을 속인다는 생각에 미칠 것 같았어요. 이제 더 이상 그런 생활은 못하겠어요. 이런 고백을 듣고도 여전히 나를 원한다

꼬맹이

128

면 모든 것을 포기하고 당신 곁에서 살고 싶어요. 어디든 당신이 원하는 곳에서……."

'어디든 당신이 원하는 곳에서……'라는 말을 할 때 그녀의 숨결은 내 입술 가까이 있었어. 나를 유혹하려고 작정했었나봐.

나는 내가 가난하고 돈 벌 능력도 없으며, 형에게 내 여자까지 먹여 살려달라고 할 수는 없다고 말했어.

그때 그 여자가 주머니에서 무슨 종이 같은 것을 꺼냈어. 몽파르나스에 있는 어느 극장과의 계약서였어. 그 여자는 월 100프랑을 내게는 50프랑을 준다는 고용 계약서였지. 이미 서명도 다 되어 있었어.

형, 내가 그녀에게 뭐라고 대답했겠어? 물론 난 결코 배우가 되고 싶지 않다고 냉정하게 거절했지. 그녀가 아무리 달래고 화를 내면서 나를 설득하려 해도 나는 끝까지 버텼어. 끝까지 나가지 않으려는 그녀를 내가 장작 받침쇠로 위협해서 쫓아냈다고 하면 형이 믿을까?

그녀가 밖으로 나가자 나도 정신없이 밖으로 나왔어. 하루 종일 술 취한 사람처럼 이리저리 헤매고 다녔지. 문득 피에로트 아저씨 댁으로 가서 무릎 꿇고 빌고 싶은 생각이 들었어. 그 길로 아저씨 가게 문 앞으로 갔지. 하지만 들어갈 수 없었어. 발길을 끊은 지 벌써 두 달째인데, 편지가 와도 답장도 안 했었는데 무슨 염치로 그럴 수 있겠어. 카운터 뒤에 앉아 있는 피에로트 아저씨 모습이 보였어. 왠지 슬퍼 보이더라. 나는 한동안 그를 바라보다 울면서 발길을 돌렸어.

밤이 되자 난 집으로 돌아왔어. 나보고 배우가 되라고? 나를 어떻게 보고 하는 말이야! 그 여자는 나를 노리개 정도로 생각했던 거야. 하지만 형, 어떻게 해야 할지 정말 모르겠어. 모든 게 의심스러워. 형, 시를 쓰라고? 하지만 딱 한 권밖에 팔리지 않는 시를 쓰면서 어떻게 시인이랄 수 있어? 아아, 인쇄비를 갚아야 할 텐데 어떻게 하지?

형, 이제 앞이 캄캄할 뿐이야. 이제 이 방도 싫어. 복도에서 또 언제 그 여자와 마주칠지도 모르고……. 이사를 갔으면 좋겠어.

오, 하느님 맙소사! 발소리가 들려. 그 여자 발소리야. 오오, 그녀가 바로 곁에 있어. 열쇠 구멍에 눈을 대고 나를 쳐다보고 있어. 나를 흥분시키고 있어. 나를…….

꼬맹이는 그 편지를 부치지 못했다.

이제 나는 내 인생에서 가장 암울했던 시기에 대한 이야기를 하려고 한다. 나는 파리 변두리 극장에서 이르마 보렐과 함께 가난하고 수치스러운 생활을 하고 있었다.

끔찍스러웠던 그 집! 수많은 창들, 끈적거리는 초록색 난간, 번호가 새겨진 문들, 페인트칠을 한 더러운 복도……. 그 건물에는 모두 108개의 방이 있었고, 방마다 한 가구씩 살고 있었다. 나는 그 음침한 아파트 3층의 방에서 이르마 보렐과 도피생활을 했다. 그곳을 우리가 사랑의 도피처로 삼은 것은 극장에서 가깝고 집세도 쌌기 때문이었다.

우리는 멜로드라마인 〈어부 가스파르도〉로 나란히 데뷔했다. 그녀는 박수갈채를 받았다. 연기력 때문이 아니었다. 그녀의 눈부신 살결과 드레스 덕분이었다. 하지만 나는 야유를 받았다. 감독은 내게 드라마 체질이 아니라며 가벼운 희극을 연기하라고 했다. 나는 우스꽝스러운 역, 바보, 겁쟁이 역을 맡았다.

우리가 속한 극단은 지방을 돌아다니며 공연을 했다. 일종의 유랑극단이었다. 정말 초라한 사람들과 함께 초라하기 그지없는 마차를 타고 여행을 하면서 나는 몇 번이나 후회했는지 모른다.

'아아, 이따위 유랑마차에 처박혀 있으려고, 피에로트 아저씨의 음악이 흐르는 거실을 비웃었단 말인가!'

밤이 되면 우리는 다시 마차를 타고 파리로 돌아왔다. 그녀와 나는 물론 꼭 붙어 다녔다. 사람들은 우리가 서로 사랑하고 있다고 믿을 것이다. 하지만 아니었다. 우리는 절대로 사랑하지 않았다. 사랑하기에는 서로가 상대방에 대해 너무나 많은 것을 알고 있었다. 나는 그녀가 거짓말쟁이이며 차갑고 인정머리라고는 없는 여자라는 것을 잘 알고 있었다. 그녀는 내가 마음이 약하고 우유부단한 사람이라는 것을 잘 알고 있었다.

그러면서도 우리는 상대방을 잃을까봐 두려워하고 있었다. 상대방을 잘 알기에 생긴 두려움이고 질투였다.

'언젠가 저 사람 형이 와서 도자기 집 딸에게 데려가겠지.'

'언젠가 이 생활이 지겨워 전에 만나던 남자에게 도망가겠지.'

서로 사랑하지도 않으면서 질투를 하다니! 사람이란 그렇게 이상한 존재였다.

그녀가 극장에서 누군가와 다정하게 이야기를 나누면 내 얼굴은 창백해졌고, 내게 편지가 오면 그녀는 질린 얼굴로 황급히 내 편지를 뜯었다. 대부분 자크 형에게서 온 편지였다. 형이

꼬맹이

132

보낸 편지 내용은 언제나 똑같았다. 착한 형은 나를 조금도 의심하지 않았다. 나는 형에게 모든 것이 잘 되어가고 있고, 「전원극」은 4분의 3이 팔렸으며 어음 만기일이면 서점에서 돈을 받을 수 있을 거라고 거짓 편지를 썼다. 착한 형은 보나파르트 거리로 매달 100프랑씩 꼬박꼬박 부쳐주었으며 이르마 보렐의 흑인 하녀가 그 돈을 찾아왔다.

우리가 버는 돈에 형이 버는 돈을 합하면 우리가 그곳에서 살아가기에 충분했다. 다만 우리가 착실하게 생활했다면, 이라는 조건이 붙는다. 나는 돈이란 걸 손에 쥐어본 적이 없었고, 그녀는 언제나 분수에 넘치는 돈을 수중에 지니고 있던 여자였다. 우리는 둘 다 돈이 뭔지 몰랐다. 낭비가 너무 심했다!

두 달이 지나자 우리는 빚더미에 올라앉았다. 호텔에도, 식당에도, 극장의 수위에게도 빚을 졌다. 후작의 자서전 2권을 인쇄 중이던 인쇄업자에게도 400프랑의 돈을 빌렸다. 그는 형이 여전히 후작의 비서 생활을 하고 있다는 걸 알고 순순히 돈을 빌려주었다. 자크 형은 그에게 모두 1,300프랑의 빚을 지고 있는 셈이었다.

오오, 불쌍한 자크 형! 형이 돌아와 이 모든 사실을 안다면 도대체 어떻게 해결할 수 있단 말인가! 나는 도피 중이었고, 검

은 눈동자는 울고 있으며, 책은 한 권도 팔리지 않았고, 형에게
는 빚이 1,300프랑이나 있었다. 오오, 형이 그걸 어떻게 다 감
당한단 말인가!

나는 후회와 두려움 속에서 신경이 점점 더 날카로워졌고 우
울해졌다. 이르마 보렐은 참을성 있는 여자가 아니었다. 그녀는
그런 내 모습에 짜증을 내기 시작했고, 우리는 툭하면 싸웠다.
그녀는 내게 소리를 질렀다.

"그 피에로트 계집에게 가버려! 가서 사탕이나 받아먹어!"

그러면 나도 맞받아쳤다.

"그 돈 많은 놈팡이에게 가서 안겨!"

둘은 금세 눈물을 흘리면서 서로 용서해달라고 빌었지만 다
음 날이면 똑같은 일이 반복되었다. 둘은 그렇게 살았다. 아니,
살았다기보다는 둘이 함께 쇠사슬에 묶여 시궁창에서 썩어가
고 있었다.

제13장 사라진 나의 꿈

어느 날 저녁 9시경 몽파르나스 극장에서였다. 꼬맹이는 막 배역을 끝내고 분장실로 올라가 부지런히 화장을 지우고 있었다. 그때였다. 아래쪽에서 무대 감독이 외치는 소리가 들렸다.

"다니엘 씨, 다니엘 씨!"

꼬맹이는 분장실에서 나와 축축한 계단 난간에 기대어 무슨 일이냐고 물었다. 아무 대답이 없었다. 그는 아직 하얗고 빨간 분장으로 뒤범벅인 채 아래로 내려갔다. 그는 계단 아래에서 누군가와 부딪쳤다. 꼬맹이는 뒤로 물러서며 소리쳤다.

"자크 형!"

그렇다! 자크 형이었다. 둘은 잠시 아무 말 없이 서 있었다. 둘 다 눈물을 글썽였다.

이윽고 꼬맹이가 말했다.

"형, 나를 여기서 빼내줘!"

형은 동생의 손을 잡고 밖으로 나갔다. 마차를 잡아타자 형이 마부에게 말했다.

"바티뇰의 담므가로 갑시다."

곧 마차가 덜컹거리며 움직이기 시작했다.

형은 이틀 전부터 파리에 있었다. 그는 이탈리아의 팔레르모에 있다가 피에로트 아저씨가 3개월 전에 보낸 편지를 뒤늦게 받을 수 있었다. 편지 내용은 다니엘이 행방불명되었다는 짧막한 내용이었다. 형은 그것만으로도 내가 바보 같은 짓을 저질렀다는 것을 알 수 있었다.

그는 후작에게 딱 일주일의 휴가를 신청했다. 후작은 계약에 어긋난다며 허락하지 않았다. 결국 형은 일자리를 팽개치고 파리로 왔다.

그는 우선 우리가 살던 집으로 가서 수위를 통해 내가 2층에 살던 여자와 함께 떠났다는 사실을 알게 되었다. 그는 즉시 인쇄업자를 찾아갔다. 인쇄업자를 만난 형은 책이 단 한 권도 더 팔리지 않았다는 사실, 내가 그에게 상당한 돈을 빌렸다는 사실을 알게 되었다. 첫 번째 어음 만기일도 나흘 뒤로 다가와 있었다. 형은 돈을 다 갚아주겠다고 당당하게 말한 후 인쇄업자와 헤어졌다.

동생을 한시라도 빨리 찾아야 했지만 우선은 돈을 갚는 게 급선무였다. 그는 피에로트 아저씨를 찾아갔다. 피에로트 아저씨는 몇 달 사이에 많이 변해 있었다. 그토록 쾌활하고 혈색이 좋았던 아저씨가 얼굴이 통통 부은 채 시무룩하게 카운터 뒤에 앉아 있었다. 아아, 불쌍한 아저씨! 딸의 고통 때문에 그 아버지가 전혀 다른 사람이 되어버린 것이다!

자크 형이 용기를 내서 말했다.

"아저씨, 어려운 부탁을 드리러 왔습니다. 1,500프랑 좀 빌려주세요."

피에로트 아저씨는 두말하지 않고 금고를 열어 자크 형에게 1,000프랑짜리 지폐 두 장을 건네주었다.

"아저씨, 1,500프랑이면 됩니다."

"자크, 제발 다 가져가게나. 예전에 자네 어머니인 에세트 부인이 내게 2,000프랑을 빌려주었다네. 자네가 거절한다면 자네를 몹시 원망할 거야."

자크 형은 거절할 수가 없었다. 그는 감사하다고 인사한 후 그곳을 떠났다. 그리고 그 길로 인쇄소로 찾아가 어음 세 장과 꼬맹이가 진 빚을 다 갚았다.

이제 다니엘을 찾아야만 했다. 하지만 자크 형은 너무 지쳐 있었다. 형은 생제르맹의 다락방으로 갔다. 그리고 동생의 행방을 알 만한 단서를 찾기 위해 방 안을 샅샅이 뒤졌다.

형은 책상 서랍 속에서 마구 흘려 쓴 편지를 발견했다. 꼬맹이가 써놓고 부치지 못한 편지였다.

형, 난 형에게 거짓말을 했어. 두 달 동안 거짓말만 한 거야.

부치지 못한 그 편지는 어쨌든 제대로 수신인에게 전달된 셈이었다. 형은 끈기 있게 편지를 읽어 내려갔다. 그리고 몽파르나스에 있는 극장과의 계약에 관한 글을 읽고 얼굴이 밝아졌다. '그래, 이제 다니엘이 어디 있는지 알게 된 거야.' 형은 겨우 편한 마음으로 잠자리에 들었다. 온몸이 쑤셔 잠을 이룰 수 없었고, 그 망할 놈의 기침은 여전했다.

형은 새벽이 되자마자 부리나케 일어났다. 그리고 그 정든 종루의 다락방과 작별했다. 그리고 바티뇰의 담므가에 있는 필루아 호텔로 향했다. 후작의 요리사인 필루아 영감의 동생이 운영하는 호텔로 평판이 높았다. 주인은 자크 형을 잘 알고 있었다. 그는 형에게 선선히 정원 쪽으로 창이 두 개나 나 있는 아름다운 방을 빌려주었다.

자크 형은 방을 정돈한 뒤, 주인에게 2인분 식사를 준비해달라고 부탁한 후 꼬맹이를 찾아 나섰다. 그리고 납치하듯이 나를 데리고 극장에서 나온 것이다.

우리가 필루아 호텔에 도착하자 형이 말했다.

"어때, 다니엘. 네가 처음으로 파리에 도착하던 때와 똑같지 않니?"

그렇다. 그날과 마찬가지로 멋진 저녁 식사가 하얀 식탁보 위에서 기다리고 있었다. 파이는 맛있는 냄새를 풍기고 있었고 포도주는 향기로웠으며 밝은 촛불이 유리컵 안에서 밝게 타오르고 있었다. 그러나…… 아, 그러나 결코 똑같지 않았다! 두 번 다시 맛보기 힘든 그때의 행복이 그 방에는 없었다. 그때의 희망과 행복은 생제르맹 종루 옆 다락방에 고스란히 묻힌 것이다.

나는 기쁨에 젖기는커녕 눈물을 흘리면서 형을 바라보았다. 아마 형도 울고 싶었을 것이다. 하지만 형은 꾹꾹 눈물을 참으며 씩씩하게 말했다.

"다니엘, 이제 그만 울어! 이 젊은 회개자여! 이제 눈물을 닦고 거울 좀 들여다봐라. 너도 웃음이 나올 거다."

나는 거울을 들여다보았지만 웃지 않았다. 노란 가발을 뒤집어쓴 내 모습이 부끄러울 뿐이었다. 나는 가발을 걸어 옷걸이에 걸어놓고 얼굴을 깨끗이 씻었다. 식탁에 앉았지만 식욕은 없었다. 음식을 먹으면서 억지로 즐거운 표정을 지으려고 했지만 소용이 없었다. 나도 모르게 눈물이 파이 위로 떨어졌다.

잠자리에 누워서도 잠은 잘 오지 않았다. 형도 그날은 별 말이 없었다. 형 기침 소리가 심했다.

"형, 기침이 심한데, 어디 아픈 거 아니야?"

"아무 일도 아니야. 어서 자라."

나는 눈물을 흘리다가 잠에 빠져들었다.

내가 눈을 떴을 때는 훤한 대낮이었다. 나는 자면서 이상한 악몽에 시달렸다. 형이 끔찍하게 창백한 모습으로 소파에 누워 있었다. 꿈속에서 형은 방금 전에 죽어버린 것이었다. 형을 죽인 것은 나다, 바로 나 다니엘이 형을 죽였다, 라고 소리치며 나는 소스라쳐 잠에서 깨어났다. 곁에 형이 없었다. 벌써 밖으로 나갔나 생각하며 자리에서 일어나보니 구석 침대 겸 소파에 누워 있는 형의 모습이 보였다. 얼굴이 너무나 창백했다. 더럭 무서운 생각이 스쳐지나갔다.

"형!"

나는 형을 부르며 형 곁으로 갔다. 형은 자고 있었다. 이상한 일이었다. 형에게서 한 번도 본 적이 없는 슬픔이 그 얼굴에 서려 있었다. 야윈 얼굴, 창백한 뺨, 병색이 완연해 보이는 손가락, 너무 안쓰러워 차마 볼 수 없는 모습이었다. 언젠가 형의 저런 모습을 본 적이 있다는 생각이 문득 들었다.

그러나 자크 형은 아직까지 한 번도 아픈 적이 없었다. 저렇게 병색을 보인 적이 없었다. 그렇다면 대체 어디서 형의 그런 환영을 보았단 말인가? 문득 방금 전에 꾼 악몽이 생각났다. 바로 그 꿈에서 본 모습이었다. 그러나 곧 창문을 통해 들어온 햇살이 형의 얼굴을 밝게 비추었다. 환영은 사라졌다.

순간 형이 잠에서 깨어났다. 그리고 유쾌한 얼굴로 내게 말했다.

"자, 다니엘! 지나간 일은 이제 더 이상 생각하지 말자. 우리 앞에 새로운 삶이 펼쳐져 있어. 여기서 다시 시를 쓸 수 있을 거야."

"아니, 형. 다시는 시를 쓰지 않을 거야. 형에게 너무 비싼 값을 치르게 한 한낱 환상이었을 뿐이야. 이제 나도 형처럼 열심히 일해서 우리 집안을 다시 일으키는 데 도움이 될 거야.”

나는 딱 잘라 형의 입을 막았다.

“얼씨구, 정말 멋진 계획이로군! 생활비를 버는 게 중요한 게
아니랍니다. 그보다는 나랑 딱 한 가지 약속만 해준다면…….
어쨌든 됐어. 그 이야기는 나중에 다시 하기로 하자. 우선 옷이
나 사러 가자.”

자크 형은 일을 다시 시작했다. 형이 없는 동안 철물점 주인
이 자기 손으로 장부 정리를 했는데 정말 엉망이었다. 장부를
정리하고 계산을 맞추는 데도 족히 한 달은 걸릴 일이었다. 정
말 힘든 일이었다. 나도 형을 돕고 싶었지만 나는 계산과는 담
을 쌓은 놈이었다. 형이 애쓰며 힘든 일을 하는 게 안쓰러워 나
는 씁쓸한 심정에 이런 생각을 하곤 했다.

‘나는 도대체 왜 살아 있는 걸까. 이 나이에 할 줄 아는 게 아
무것도 없어. 사람들을 괴롭힐 뿐이고 나를 사랑하는 사람의
눈에 눈물이나 흐르게 할 뿐이고…….’

그런 생각을 하면서 나는 검은 눈동자를 떠올렸다.

우리는 그렇게 각자 일과 몽상에 잠겨 매일 밤을 보냈다. 형
은 열 시간 이상 장부에 파묻혀 일을 했고 나는 검은 눈동자에

게 말을 걸고 있었다. 하지만 형에게는 검은 눈동자 이야기를 한 마디도 꺼내지 않았다.

그러던 어느 날이었다. 밖으로 나갔다 돌아온 꼬맹이가 자크 형에게 소리쳤다. 꼬맹이는 요즘 열흘 동안 어디 간다는 말도 없이 슬그머니 밖으로 나갔다 돌아오곤 했다.

"형, 좋은 소식이야! 드디어 나도 일자리를 구했어. 형한테 아무 말도 안 했지만 열흘 동안 일자리를 찾으러 다녔던 거야. 내가 다시 그 여자에게 갈까봐 형이 의심했던 거 다 알아. 하지만 난 이제 그 여자는 잊었다고! 형, 내일부터 몽마르트에 있는 울리 학교에서 학생 사감으로 일하게 됐어. 아침 7시부터 저녁 7시까지야. 형과 함께 있는 시간은 줄었지만 형을 도울 수 있게 된 거야."

"그래 잘됐네. 나도 요즘 약간 피곤해서 좀 쉬엄쉬엄 일을 하려던 참인데……."

형은 활짝 웃으며 말했다.

나는 다음 날부터 울리 학교에서 일을 했다. 말이 학교이지 작은 시설에 불과했다. 학교에는 약 스무 명의 꼬마들이 있었다. 이 꼬마들이 바로 나의 학생들이었다. 사감이라는 직책에 어울리지 않게 교실 청소도 내 몫이었지만 나는 내 손으로 돈을 벌 수 있다는 생각에 군말 없이 성실하게 일을 했다.

가끔 부모님에게서 편지가 오기라도 하면 그야말로 대단한 사건이었다. 어머니는 여전히 바티스트 외삼촌댁에 계셨고 아버지는 여전히 포도주 회사에 적을 두고 여기저기 출장을 다니셨다. 아버지는 그동안 모은 돈으로 리옹에서 진 빚의 4분의 3 정도를 갚으셨고, 일이 년 후면 빚을 모두 청산하고 가족들이 모여 살 수도 있다는 소식을 전해오셨다.

나는 어서 그날이 오기를 기다리며 우선 어머니라도 이곳 필루아 호텔로 모셔오는 게 어떻겠느냐고 형에게 말했다. 그러자 형이 대답했다.

"안 돼! 아직은 일러! 아직은……. 좀 더 기다리자!"

나는 형이 왜 좀 더 기다리자고 하는지 그 이유를 알 수 없었다. 아직 나를 못 믿는 건가? 어머니가 와 계신 동안 내가 또 무슨 미친 짓을 할까봐 그러는 건가? 그래서 좀 더 기다리자고 하는 건가?

하지만 내 짐작은 빗나갔다. 형이 기다리자고 한 이유는 따로 있었다.

제14장 아아, 자크 형!

독자여, 만일 당신이 강인한 정신의 소유자이고, 꿈이란 것을 그냥 우스개로 넘겨버리는 사람이라면, 앞으로 닥칠 일에 대한 불길한 예감으로 가슴이 찢어지는 경험을 해본 적이 없는 사람이라면, 오직 눈에 보이는 현실만이 중요할 뿐 미신 따위는 믿지 않는다고 장담하는 실증주의자라면, 당신이 초자연적인 것은 전혀 믿지 않고 불가사의한 것을 인정하지 않는 사람이라면, 이 책을 도중에 팽개쳐버릴지도 모른다. 만일 그렇다면 내가 지금부터 하려는 이야기는 영원히 진실된 이야기인데도 당신은 믿으려 하지 않을지도 모른다.

12월 4일이었다. 나는 평소보다 일찍 울리 학교에서 돌아왔다. 아침에 형이 몹시 피곤하다고 해서 형이 어떤지 궁금했던 것이다. 나는 급히 정원을 지나치다가 무화과나무 옆에 서 있는 필루아 씨와 부딪쳤다. 그는 누군가 키 작고 뚱뚱한 남자와 이야기를 나누고 있는 중이었다. 사과를 한 후 그냥 지나치려는데 필루아 씨가 나를 불러 세웠다.

"다니엘 씨, 잠깐만."

그러더니 그는 이야기를 나누고 있던 키 작은 남자에게 말했다.

"좀 전에 말했던 젊은이입니다. 미리 알려주는 게 좋을 것 같군요."

나는 몹시 궁금해서 그 자리에 멈춰 섰다. 도대체 무엇을 내게 미리 알려준다는 것일까? 그 뚱뚱한 남자는 잠시 망설이더니 내게 말했다.

"나는 20년 전부터 이 호텔 주치의로 일해 온 사람입니다. 내가 하고 싶은 이야기는……."

"우리 형 때문에 오셨군요. 많이 아프지요?"

그러자 그가 조금도 망설이지 않고 단도직입적으로 말했다.

"많이 아프다? 그렇지요. 아마 오늘 밤을 넘기기 힘들 겁니다."

나는 무엇엔가 머리를 한 대 맞은 듯 휘청거렸다. 주변의 모든 것이 빙빙 돌아 무화과나무에 몸을 기대야만 했다. 의사가 날린 펀치는 너무 매서웠다. 그는 내 반응은 상관도 하지 않고 장갑의 단추를 채우며 차분하게 말했다.

"급성 폐결핵입니다. 어떻게 손쓸 방도가 없어요. 너무 늦었소."

나는 절망적으로 흐느꼈다. 그러자 의사가 말했다.

"자, 용기를 내요. 누가 알겠소? 의학적으로야 마지막 선고를 내릴 수밖에 없지만 자연은 아직 결정을 내리지 않았으니……. 내일 아침에 다시 들르리다."

나는 눈물을 닦고 마음을 가라앉히기 위해 잠시 밖에 머물다가 방으로 들어갔다.

형은 침대용 소파에 누워 있었다. 몹시 창백한 얼굴이었다. 얼마 전에 내 꿈속에서 본 모습과 똑같이 그렇게 거기 누워 있었다. 나는 폭포처럼 흘러내리는 눈물을 참지 못하고 소파 곁에 앉았다. 형이 내게 말했다.

"의사 선생님을 만났구나. 그 뚱뚱이한테 너를 놀라게 하지 말라고 부탁했는데……. 누가 이런 일이 일어날 줄 상상이나 했겠니? 사람들은 폐병을 고치려고 니스에 간다는데 나는 거기서 병을 얻어왔으니……. 그렇게 슬퍼하지 마. 내 용기가 꺾이잖아. 생피에르 성당의 신부님도 다녀가셨어. 신부님이 참 좋은 분이더라. 사를랑드 학교에 계신다는 신부님 있지? 네가 존경하는 분……. 그분하고 성이 같더라."

형은 더 이상 말을 잇지 못했다. 그때였다. 방문이 열리며 필루아 씨가 들어섰다. 그 뒤로 뚱뚱한 사람이 따라 들어왔다. 뒤따라온 사람은 소파를 향해 달려가며 소리쳤다.

"자크! 도대체 이게 무슨 날벼락인가! 이게 말이나 되는가!"

그를 보고 자크 형이 말했다.

"안녕하세요, 피에로트 아저씨. 이렇게 금방 달려오실 줄 알았어요. 다니엘, 거기 앉으시라고 해. 내가 드릴 말씀이 있어."

피에로트 아저씨는 커다란 머리를 죽어가는 사람의 입술에 가까이 했다. 두 사람은 그렇게 오래오래 작은 목소리로 이야기를 나누었다. 나는 방 한가운데 꼼짝도 않고 그들을 지켜보고 있었다. 가끔 아저씨가 "알았어, 자크. 알았어, 자크"라고 울먹이며 대답하는 것만 알 수 있었다.

자크 형이 손짓으로 나를 가까이 오라고 했다. 옆에 피에로트 아저씨가 서 계셨다.

"다니엘, 너를 두고 떠나려니 가슴이 아파. 하지만 너를 이 세상에 혼자 두고 가는 게 아니라서 조금 마음이 놓여. 피에로트 아저씨가 네 곁에 있을 거야. 아저씨께서 너를 용서하고 너를 돌봐주시기로 약속하셨어."

피에로트 아저씨가 울먹이며 말했다.

"그래, 자크……. 내 약속해. 정말이야. 내가 약속할게……."

자크 형이 말을 이었다.

"다니엘, 너 혼자는 절대로 우리 집을 다시 일으켜 세울 수 없어. 네 마음이 아프겠지만 네게는 그런 능력이 없어. 하지만 피에로트 아저씨가 도와주시면 우리의 꿈을 이룰 수 있을 거야. 너보고 어른이 되라고는 하지 않을게. 어쩌면 제르만 신부님 말씀이 맞을 거야. 넌 언제나 어린애로 남아 있을 거라고 하셨다며? 하지만 다니엘, 부탁해. 언제고 착하고 훌륭한 어린애로 남아 있어주렴. 특히…… 특히…… 절대로 검은 눈동자를 울리지 말아줘."

자크 형은 잠시 숨을 몰아쉬었다.

"모든 게 끝난 뒤 아버지 어머니께 편지를 써줘. 조금씩만 알려드려. 한꺼번에 많은 걸 아시면 충격을 받으실 테니까. 이제 알겠지? 왜 어머니를 모시려 하지 않았는지. 어머니가 여기 계시게 하고 싶지 않아서야. 이런 모습을 어머니께 보여드리면 안 되니까……."

신부가 왔고 성체배령을 했다. 형은 내 손을 꼭 잡은 채 눈을 감았다. 눈을 감기 전 형은 모기만한 소리로 반복해서 말했다.

"자크, 너는 당나귀처럼 멍청한 놈이야. 자크, 너는 멍청한 놈이야."

아, 그 꿈!

그날 밤 바람이 몹시 심하게 불었다. 12월 창가에 싸락눈이 부딪쳤다. 방 한구석에 놓인 탁자 위, 두 자루의 촛대 사이에 은으로 만든 그리스도 상이 빛나고 있었다. 낯선 신부 한 명이 그 앞에 무릎을 꿇고 기도를 올리고 있었다. 나는 기도하지 않았다. 더 이상 울지도 않았다. 나는 오로지 한 가지 생각밖에 없었다. 내 손을 꽉 쥐고 있는 차가운 자크 형의 손을 따뜻하게 해주어야 한다는 생각……. 그러나 시간이 흐를수록 형의 손은 더욱 차가워져 갔고 더욱 무거워져 갔다.

그때였다. 그리스도 상 앞에서 기도를 드리던 신부가 자리에서 일어나 가볍게 내 어깨를 두드렸다.

"자, 기도를 해. 그게 도움이 될 거야."

그제야 나는 그의 얼굴을 알아보았다. 제르만 신부였다. 형을 잃은 고통에 지친 탓일까, 그가 여기 있는 게 하나도 놀랍지 않았다. 마치 당연한 자리에 그가 나타난 것만 같았다.

정말 운명 같은 만남이었다. 제르만 신부의 형이 바로 생피에르 성당의 주임 신부였다. 그 무렵 파리에 들렀던 제르만 신부가 형의 사제관에 머물고 있었고 죽어가는 젊은이의 이름을 들었다. 그러자 제르만 신부는 자신이 알고 있던 꼬마 자습감독의 얼굴을 떠올렸고 즉시 이리로 달려온 것이었다.

그 순간부터 무슨 일이 있었는지 나는 잘 모른다. 그저 안개처럼 희미한 기억만 남아 있을 뿐이다. 영구차를 따라갔던 일, 공원 묘원에 도착했던 일, 그리고…….

이제 나와 피에로트 아저씨 단둘이 남았다. 마차를 잡지 못해 우리는 걷고 또 걸었다. 나는 기진맥진했다. 머리가 무거웠다. 우리는 드디어 소몽가의 랄루에트 상점에 도착했다. 우리는 곧바로 피에로트 아저씨네 집으로 올라갔다. 고열로 몸을 떨며 거의 죽은 상태의 나를 피에로트 아저씨가 안고 계단을 오르는 동안 내게 소몽가의 진열창에 부딪치는 싸락눈 소리와 빗물받이 홈통을 통해 마당으로 쏟아지는 빗물 소리가 들렸다.

비……, 비! 아, 웬 비가 이렇게 온담!

제15장 꿈의 결말

　꼬맹이는 몹시 아팠다. 꼬맹이는 죽어가고 있었다. 의사들은 가망이 없다고 했다. 2년에 두 번 장티푸스를 앓았으니 벌새처럼 뇌가 작아진 그가 감당하기에는 너무나 벅찬 일이었다. 영구차를 준비해야 할지 모를 일이었다.

　꼬맹이는 줄곧 사람들이 슬퍼하는 것도, 탄식하는 것도 모르는 채 커다란 침대에 조용히 누워 있었다. 눈을 뜨고 있었지만 아무것도 보이지 않았고 주변 사람들을 식별할 수도 없었다. 시간이 멈춰진 것처럼 그렇게 며칠이 흘렀다. 그러던 어느 날이었다. 꼬맹이는 이상한 감각을 느꼈다. 마치 저 바다 밑으로부터 끌어올려지는 느낌이었다. 눈이 보이고 소리가 들렸다. 그는 서서히 숨을 쉬더니 힘을 되찾았다.

꼬맹이는 힘겹게 팔꿈치를 딛고 몸을 일으킨 후 상체를 침대 밖으로 기울인다. 갑자기 모든 것이 떠오른다. 필루아 호텔, 자크 형의 죽음, 장례식, 빗속에 피에로트 아저씨 집으로 왔던 일! 그 모든 것이 떠오르자 그는 신음 소리를 낸다.

그의 신음 소리에 창가에 있던 세 여인이 동시에 소스라치게 놀랐다. 그중 가장 젊은 여인이 일어서며 "얼음! 얼음!"이라고 외쳤다. 그러고는 재빨리 벽난로로 달려가 얼음 조각을 집어 꼬맹이에게 권했다. 꼬맹이는 입술 앞에 놓인 얼음을 든 손을 가만히 밀어냈다. 잠시 후 꼬맹이는 떨리는 목소리로 말했다.

"카미유, 잘 지냈어요?"

그녀는 너무도 놀라 눈을 동그랗게 뜬 채 말없이 있을 뿐이었다.

"카미유, 내가 많이 아팠던 모양이지요? 오랫동안 누워 있었나요?"

"내일이면 3주예요."

순간 피에로트 아저씨가 의사를 데리고 방으로 들어섰다. 아저씨는 온갖 용하다는 의사란 의사는 모두 동원했다. 꼬맹이의 맥박을 잡아 본 의사가 말했다.

"아까 대체 무슨 이야기를 한 겁니까? 이 사람은 이미 다 나았어요."

"다 나았다고요?"

"그래요. 그러니 얼음 조각일랑 저리 치우고 포도주와 닭 날 개 고기나 먹이도록 하세요. 일주일 후면 거뜬히 일어나 활동할 수 있을 겁니다."

그때였다. 문이 스르르 열리더니 검은 옷을 입은 키 작은 여인이 방으로 들어왔다. 오, 맙소사! 어머니였다. 그런데 어머니는 "다니엘, 다니엘!"이라고 외치며 꼬맹이의 침대로 온 것이 아니라 다른 방향으로 갔다.

"여기예요, 어머니! 어머니, 제가 안 보이세요?"

그렇다. 어머니는 눈이 멀어 있었다. 남편과도 헤어져 지내고 두 아들과 생이별한 가련한 어머니는 눈물이 마르다 못해 눈이 멀어버린 것이다. 오오, 어쩌다 이런 일이!

하지만 꼬맹이는 이를 악물었다. '그래, 나는 절대로 죽으면 안 돼! 어머니에게 세 번째 아들까지 죽는 모습을 보여드릴 수는 없어. 울어서도 안 돼.'

꼬맹이는 여전히 침대에 누워 있었다. 환자가 고비를 넘긴 후 피에로트 양은 거의 방 안으로 들어오지 않았다. 가끔 지나는 길에 눈 먼 어머니를 식당으로 모시고 가기 위해 들어오는 것이 고작이었다. 그러나 그녀는 환자에게 단 한 마디도 하지 않았다.

붉은 장미의 시절, '당신을 사랑한다'는 말을 하기 위해 검은 눈동자가 벨벳처럼 빛나던 시절은 이미 아득한 옛날이었다. 꼬맹이는 생각했다.

'이미 엎질러진 물이야. 더 이상 생각 말아야 해. 공상은 이제 끝났어. 내 삶에서 더 이상 행복이란 건 없어. 이제 의무를 다하는 일만 남았어. 내일 아침 피에로트 아저씨께 말해야지.'

다음 날 꼬맹이는 기회를 잡아 가게로 내려가려는 피에로트 아저씨를 조용히 불렀다.

"아저씨 덕분에 몸이 다 나았어요. 아저씨께 정말 감사드려요. 그리고 아저씨와 상의할 일이 좀 있어요."

"고맙다니 뭐니 그런 말은 하지 말게. 그래 상의할 일이 뭐지?"

"아저씨, 듣자하니 가게 점원 한 명이 곧 그만둔다면서요? 저를 대신 써주시지 않으시겠어요? 제가 못된 짓을 한 건 알아요. 제가 이 집에 있으면 카미유가 얼마나 힘들어할지 다 알아요. 제가 정말 조심할게요. 아저씨 따님 눈에는 절대로 띄지 않게 조심하겠어요. 집 안으로 절대로 들어오지 않고 가게에서만 일할게요."

피에로트 아저씨는 꼬맹이를 꼭 껴안아주고 싶은 걸 억지로 참으며 이렇게 말했다.

"글쎄, 카미유가 어떻게 생각할지……. 그 애 얘길 한번 들어보지."

그런 후 아저씨는 카미유를 소리쳐 불렀다. 그녀가 곧 꽃향기를 풍기며 명랑한 표정으로 들어왔다.

"얘야, 다니엘이 가게 점원으로 우리 가게에서 일을 하고 싶다는구나. 다만 자기가 여기서 일을 하면 네가 너무 힘들어할까봐 걱정이란다."

그녀의 얼굴색이 변했다.

"제가 너무 힘들어한다고요?"

그녀는 긴 이야기를 하지 않았다. 하지만 검은 눈동자가 모든 것을 다 말해주고 있었다. 그렇다! 별처럼 반짝이는 검은 눈동자가 '사랑해, 사랑해'라고 속삭이고 있었다. 피에로트 아저씨가 빙그레 웃으며 말했다.

"이런! 둘이 이야기를 나눠봐. 뭔가 오해가 있었던 모양이야."

그러더니 아저씨는 둘을 남겨놓고 창가로 갔다. 잠시 후 그가 와서 말했다.

"그래, 어떻게 됐어?"

꼬맹이가 말했다.

"아저씨, 카미유도 아저씨처럼 착해요. 카미유도 저를 용서해줬어요."

그때부터 환자는 빠른 속도로 회복되었다. 그날부터 검은 눈동자는 꼬맹이가 누워 있는 침대 곁을 떠나지 않았다. 둘은 진지하게 결혼 이야기를 했고, 미래에 대해 이야기했으며, 꼬맹이의 집안을 일으키는 일에 대해 이야기했다. 자크 형의 이름이 자주 나왔고 그럴 때마다 둘 다 눈물을 흘렸다. 하지만 랄루에트 상점에는 '사랑'이 있었다. 사람을 잃은 슬픔과 눈물 속에서도 새로운 사랑은 꽃필 수 있는 법이다. 어찌 그럴 수 있느냐고 생각하는 사람이 있다면 한 번쯤 묘지로 가서, 무덤을 헤치고 피어나는 아름다운 꽃들을 보라고 말해주고 싶다.

꼬맹이는 사랑에 빠져 있었지만 의무를 망각하지 않았다. 어머니와 검은 눈동자에게 둘러싸인 채 큰 침대에 누워 있는 게 한없이 행복했지만, 한시라도 빨리 자리를 털고 일어나 가게로 내려가고 싶었다. 자크 형이 몸소 보여준 헌신과 노동의 삶, 그 삶을 한시라도 빨리 시작하고 싶어 안달이 났다.

꼬맹이의 시는 어떻게 되었느냐고? 다니엘 에세트는 여전히 시를 좋아했지만 자신의 시는 아니었다. 인쇄소에서 999권의

「전원극」 보관이 어렵다며 책들을 모두 소몽가로 가져왔을 때 그 시의 저자가 용감하게 말했다.

"모두 태워버리세요."

그러자 피에로트 아저씨가 말했다.

"그걸 태워버려? 그건 안 되지! 어딘가 소용될 데가 있을 거야. 그래, 마침 마다가스카르로 계란 반숙용 잔들을 보낼 일이 있어. 다니엘, 자네가 허락한다면 그 책으로 그 잔들을 싸서 보내면 어떻겠나?"

그래서 「전원극」은 2주일 후 머나먼 나라로 여행길에 올랐다. 그것만으로도 「전원극」은 그 나라에서 파리에서보다 큰 성공을 거둔 셈이었다.

이제 이 이야기를 끝내기 전에 독자 여러분을 다시 한번 그 유쾌한 응접실로 모시고 싶다. 화창한 겨울날의 어느 일요일이었다. 온 랄루에트 상점에 기쁨이 넘쳐흘렀다. 꼬맹이가 완전히 회복되어서 자리에서 일어난 것이다. 모든 사람들이 응접실에 모여 있었다.

꼬맹이는 벽난로 앞에서 졸고 있는 어머니 발치에 앉아 피에로트 양과 이야기를 나누고 있었다. 벽난로 불기운에 그녀의 뺨은 머리에 꽂은 붉은 장미보다 더 붉게 물들어 있었다. 랄루에트 영감이 한구석에서 사탕을 깎아 먹고 있었고, 랄루에트 부인과 트리부 부인은 여전히 카드놀이를 하고 있었다.

피에로트 아저씨는 커튼으로 반쯤 가려진 창틀 앞에서 땀을 뻘뻘 흘리며 무언가에 몰두해 있었다. 그의 앞에 놓인 탁자 위에는 컴퍼스와 연필, 대자와 직각자, 물감과 붓들이 놓여 있었다. 일이 만족스러운지 아저씨는 5분마다 고개를 들고 흐뭇한 미소를 지었다. 대체 무슨 일을 그렇게 비밀스럽게 하고 있는 걸까?

이윽고 아저씨가 작업을 끝냈다. 아저씨는 커튼 뒤에서 나오더니 꼬맹이와 카미유를 향해 조용히 걸어왔다. 그리고 갑자기 커다란 도화지를 붙인 판자를 둘의 눈앞에 내밀었다.

"자, 연인들! 이걸 어떻게 생각해?"

두 사람은 탄성으로 그 질문에 답했다.

"오, 아버지!"

"오, 피에로트 아저씨!"

"무슨 일이에요? 뭐지요?"

갑자기 잠에서 깨어난 어머니가 말했다.

그러자 아저씨가 즐겁게 대답했다.

"에세트 부인, 무슨 일이냐고요? 그러니까, 그게…… 그게 딱 좋은 일입니다. 몇 달 후에 가게에 내걸 새로운 간판 초안입니다. 자, 다니엘, 큰 소리로 한번 읽어보게나. 그 효과가 어떤지 보자고."

꼬맹이는 마음 깊은 곳에서, 지난날의 푸른 나비들에게 마지막 작별의 인사를 나누었다. 그리고 두 손으로 판자를 들었다.

'자, 꼬맹아! 이제 어른이 되는 거야!'

꼬맹이는 자신의 미래가 적힌 간판을 자신에 찬 목소리로 우렁차게 읽어 내려갔다.

도자기와 크리스털 제품

옛 랄루에트 상점

후계자, 에세트와 피에로트

『꼬맹이』를 찾아서

알퐁스 도데(Alphonse Daudet, 1840~1897)의 첫 소설 『꼬맹이(Le Petit Chose)』의 주인공 다니엘 에세트는 어떤 사람인가? 전형적인 루저(loser)다. 요즘 유행하는 단어를 사용한다면 전형적인 '흙수저'다. 세상에 이런 흙수저도 드물다. 그가 태어나면서 아버지 사업이 기울기 시작하고 그는 초등학교도 제대로 다니지 못한다. 요행히 장학생이 되어 수업료를 내지 않고 다닌 고등학교에서는 역시 요즘 표현으로 '왕따'를 당한다. 게다가 그는 그 학교를 졸업하지도 못한다. 졸업을 앞두고 아버지 사업이 완전히 망해서 가족과 헤어져 생활 전선에 뛰어들어야만 하는 처지가 된다. 모든 게 가난 때문이다. 그런데 그는 첫 일자리에서도 불행을 겪는다. 우정은 배신당하고 결국 쫓겨난다. 예술적 자질이 좀 있는 것 같았지만 처절하게 실패한다. 팜므 파탈 같은 여자의 유혹에 넘어가 영혼에도 상처를 입는다. 게다가 가장 사랑하는 사람, 자기의 보호자 역할을 하던 형 자크도 세상을 떠난다. 그뿐인가? 그런 불행 가운데도 '집안을 일으켜야 한다'는 사명이 짐으로 남아 있다.

한마디로 어린 시절 폐허가 된 공장에서 수위의 아들과 놀면서 했던 역할, '로빈슨 크루소'와 같은 역할을 주인공은 실제 삶에서도 그대로 해야 한다. 외딴 섬에 유배된 채, 스스로 모든 것을 해결해야만 하는 외로운 로빈슨 크루소! 게다가 프라이데이와 앵무새도 없는, 진짜 로빈슨 크루소보다 더 외로운 로빈슨 크루소!

이만하면 가히 우리의 눈물을 자아내기에 충분한 주인공이다. 그런데 묘하다. 『꼬맹이』를 읽으면서 우리는 눈물을 흘리기보다는 미소를 더 많이 띠게 된다. 도처에 유머가 넘치고 도처에 따뜻함이 흐른다. 하물며 주인공이 슬퍼서 눈물을 흘리는 상황에서조차, 우리는 그 눈물에 공감해서 촉촉한 기분에 젖으면서 동시에 은은한 미소를 짓게 된다.

왜 그런가? 일차적으로는 이 책의 주인공이 그 불행으로 인해 절망 상태에 빠지지 않기 때문이다. 여전히 정신적 건강을 유지하고 있기 때문이다. 아무리 어려운 처지에서도 꿋꿋하게 정신적 건강을 지키고 있는 사람은 우리의 눈물샘을 자극하지 않는다. 우리가 그 누군가를 보고 진짜 슬퍼지는 것은 그가 정신적으로 무너지거나 황폐해졌을 때다. 정신적인 고통으로 괴로워하고 있을 때다.

그런데 『꼬맹이』의 주인공 다니엘 에세트와 그의 형 자크는 아무리 어려운 일이 닥쳐도 절망하지 않는다. 한탄하거나 분노하지 않는다. 자크가 단돈 60프랑을 가지고 다니엘과 한 달 생활 예산을 짜는 장면을 한번 상기해보라. 그 궁색하기 그지없는 처지에서 그 둘이 얼마나 밝은 희망 속에 미래의 계획을 짜고 행복해하는가? 그들은 정신적으로 얼마나 건강한가? 어려운 일이 닥쳐도 한탄하거나 분노하지 않고 정신적 건강을 유지하는 것, 정말 쉽지 않은 일이다.

『꼬맹이』의 주인공 다니엘 에세트와 자크는 어떻게 그런 어려운 일을 해낼 수 있었을까? 어떻게 그렇게 마음의 균형을 잃지 않을 수 있었을까? 답은 간단하다. 그들이 착하고 순진하기 때문이다. 그들이 정이 많기 때문이다. 그들은 물론 자신들을 흙수저로 만든 운명 때문에 힘들어한다. 그러나 그 운명을 씩씩하게 이겨낸다. 세상과 대결해서 이기겠다는 영웅적 투지로 그 운명을 이겨내는 게 아니라, 착하고 순진한 마음으로 이겨 낸다. 그 힘든 운명을 살 만한 것으로 바꾸어버린다.

여러분이 만일 주인공과 같은 처지에 있다면 어떤 태도를 취하겠는가? 어떤 사람들은 그 처지 자체를 한탄할 것이다. 자신을 금수저로 만들어주지 못한 부모를 원망하거나 금수저를 향한 질투와 분노를 표출할 것이다. 요즘 우리 사회에서 많이 보이는 태도다. 하지만 그 태도는 가장 소극적인 태도다. 왜 그런가? 자신에게 주어진 운명을 절대적인 것으로 여기고 있기 때문이다. 밖에서 그 운명이 바뀌기를, 누군가 바꾸어주기를 기다리는 태도이기 때문이다. 아마 여러분은 그런 태도를 취하지는 않을 것이다.

남은 것은 두 가지다. 다시 반복하자. 세상과 대결해서 이기겠다는 영웅적 투지로 그 운명을 이겨내고 바꾸어버리는 태도와 이 소설의 주인공처럼 착하고 순진한 마음으로 이겨내는 태도, 그 힘든 운명을 살 만한 것으로 바꾸어버리는 태도다. 다시 묻자. 여러분은 어떤 태도를 택하겠는가?

아마 대부분의 사람이 전자의 태도를 택할 것이다. 그것이 가장 적극적이고 능동적인 태도로 볼 수 있기 때문이다. 게다가 착하고 순진한 사람은 이렇게 이기적이고 타산적인 세상에서 그 풍파를 헤쳐 나가기 힘들다고 누구나 생각한다.

그러나 과연 그런가? 나는 졸업을 앞둔 학생들에게 과감하게 말한다. 착하고 정직한 사람이 되라고. 내 자신이 그렇게 살면 앞으로 사회에서 손해만 보게 될 거라고 생각한다면 해주기 어려운 충고이다. 하지만 나는 덧붙인다. 이 세상은 정말 이기적이고 각박하다. 정말 경쟁이 심하다. 그래서 착한 사람, 정직한 사람, 순진한 사람, 정이 많은 사람은 드물다. 그런 사람이 드물다는 건 무슨 뜻인가? 귀하다는 뜻이다. 귀한 사람은 어디서나 대접받는다. 세상이 너무 타락했기에 그런 사람을 더 원한다! 착하면 세상 살아가기 힘들다는 착각에서 벗어나라. 착한 사람은 숨어 있어도 빛이 날 수 있다! 라고.

그리고 한마디 더 덧붙인다. 세상이 너무 각박해졌다는 건, 각박한 삶에 사람들이 지칠 때가 됐다는 뜻이기도 하다. 이제 앞으로는 머리가 좋고 똑똑한 사람보다는, 정이 많고 너그러운 사람을 더 높이 평가하는 시절이 올 수도 있다고. 속으로는 정말 그렇게 되기를 바라면서!

여러분이 『꼬맹이』를 읽으면서 자크와 다니엘을 향해 '뭐, 이런 바보들이 있나?'라고 혀를 차지 않고 깊은 공감을 느꼈다면 여러분들은 이미 그들과 함께 이 세상 변화에 참여한 셈이리라.

『꼬맹이』를 찾아서

나는 자크가 죽어가면서 다니엘에게 해준 이야기를 수업 시간에 학생들에게 해준 셈이기도 하다.

　"다니엘, 너보고 어른이 되라고는 하지 않을게. 어쩌면 제르만 신부님 말씀이 맞을 거야. 넌 언제나 어린애로 남아 있을 거라고 하셨다며? 하지만 다니엘, 부탁해. 언제고 착하고 훌륭한 어린애로 남아 있어주렴. 특히…… 특히…… 절대로 검은 눈동자를 울리지 말아줘."

　알퐁스 도데의 이름은 우리나라에서 아주 유명하다. 그의 단편 「별」 「마지막 수업」 등이 교과서에 실렸기 때문이다. 도데는 1840년 5월 13일 남프랑스 프로방스주의 옛 도시 님에서 태어났다. 그가 9세가 되던 해 그의 가족은 리옹으로 이사했다. 비단 공장을 운영하던 아버지가 공장을 닫았기 때문이다. 리옹에서 도매상을 하던 아버지가 완전히 파산하자 도데는 학교를 중퇴하고 알레스라는 공립 중학교에서 자습감독 교사 생활을 했다. 그러다가 그는 그의 형인 에르네스트 도데의 도움으로 파리로 갔다.

　여기까지 도데의 생애를 읽으면 여러분은 무릎을 탁 칠 것이다. 『꼬맹이』의 줄거리와 너무 똑같지 않은가? 그렇다. 『꼬맹이』는 작가의 젊은 시절의 경험을 바탕으로 한 소설이다. 다만 형이 일찍 세상을 뜬 것이 실제와 다르고, 도데가 도자기 상인이 된 것이 아니라 소설가가 된 것만 다르다고 보면 된다.

알퐁스 도데는 1859년에는 시집을 발표하기도 하고, 1866년부터 게재한 단편 「별」 「아를의 여인」 등을 실은 단편집 『풍차 방앗간에서 보낸 편지』도 발표했다. 하지만 그에게 문인으로서의 명성을 가져다준 것은 1868년 발표한 『꼬맹이』다. 그는 그 외에도 1873년 단편집 『월요일 이야기』를 발표했으며, 1877년에 발표한 『나바브』에 대해 자연주의의 대가 에밀 졸라는 자연주의 소설이라고 지칭했다.

하지만 엄격한 과학적 관찰과 실험을 모토로 한 에밀 졸라의 자연주의와 알퐁스 도데의 작품과는 일정한 거리가 있다. 우리가 『꼬맹이』에서 확인했듯이 알퐁스 도데의 작품에는 정감이 넘쳐흐른다. 그는 엄격한 눈으로 세상을 관찰했다기보다는 정감어린 촉수로 세상을 어루만졌다고 보는 게 옳다. 바로 그 때문에 그의 작품들은 전 세계에 많은 독자들을 가지고 있으며 우리나라에서는 교과서에 실리기까지 했다.

그는 1897년 파리의 자택에서 돌연 사망했다.

꼬맹이

생각하는 힘: 진형준 교수의 세계문학컬렉션 64

펴낸날	초판 1쇄 2021년 7월 22일

지은이	알퐁스 도데
옮긴이	진형준
펴낸이	심만수
펴낸곳	(주)살림출판사
출판등록	1989년 11월 1일 제9-210호

주소	경기도 파주시 광인사길 30
전화	031-955-1350 팩스 031-624-1356
홈페이지	http://www.sallimbooks.com
이메일	book@sallimbooks.com

ISBN	978-89-522-4303-4 04800
	978-89-522-3984-6 04800 (세트)